名家作品
名师赏析系列

毕淑敏作品

学生版

毕淑敏 — 著
王君 等 — 赏析

长江出版传媒 长江文艺出版社

图书在版编目（CIP）数据

毕淑敏作品：学生版 / 毕淑敏著；王君等赏析
. -- 武汉：长江文艺出版社，2022.6
（名家作品. 名师赏析系列）
ISBN 978-7-5702-2644-3

Ⅰ.① 毕… Ⅱ.① 毕… ②王… Ⅲ.① 散文集－中国
－当代 Ⅳ.①I267

中国版本图书馆 CIP 数据核字(2022)第 069344 号

毕淑敏作品：学生版
BI SHUMIN ZUOPIN : XUESHENG BAN

责任编辑：黄海阔　　　　　　责任校对：毛季慧
装帧设计：天行云翼·宋晓亮　　责任印制：邱 莉 杨 帆

出版：长江出版传媒 | 长江文艺出版社
地址：武汉市雄楚大街 268 号　　邮编：430070
发行：长江文艺出版社
http://www.cjlap.com
印刷：长沙鸿发印务实业有限公司

开本：640 毫米×970 毫米　1/16　　印张：13　　插页：1 页
版次：2022 年 6 月第 1 版　　　2022 年 6 月第 1 次印刷
字数：127 千字

定价：25.00 元

徜徉于智慧的花海

——读毕淑敏散文

胡金辉

毕淑敏丰富的人生经历，给她的散文带来了别样的色彩。军人、医生、心理咨询师、作家等多重身份，让她对人生有更深的洞见，也使她的心灵变得更加柔软而敏感。读她的散文，如同徜徉于智慧的花海，我们可以在她营造的美的世界里，认识自我的价值，感悟爱的力量，发掘生命的意义。

一、体悟生命，洞见生命本质

毕淑敏在海拔5000多米的昆仑山地区生活了多年。环境恶劣的藏北高原让她与死亡的距离如此之近。死亡就像"一把利刃悬挂在半空，时不时抚摸一下我们年轻的头颅，一般是用冷飕飕的刀背，偶尔也试试刀锋"，"于是就常有生命骤然折断，滚烫的血沁入冰雪，高原的温度因此有微弱的升高"。在严酷的生存环境中，人的生命何等脆弱。

直面死亡的她，对生命有着更加透彻的思考。她曾在《灵魂飞翔的地方》一文中说，"在那一瞬间，我领悟了什么叫作生命。它是天地的精华，它是巨大的偶然。它是无限长链中闪烁一环，它是造化轮回中奇异的组合。周围是无穷无尽的冰川雪岭，他们虽然恒远，却是了无生命的，只有人才是这冰雪世界最活跃的生灵。我们原本是从自然中来，我们必有一天要回到自然中去。在这个短暂的旅途之中，我们要千百倍地珍惜生命"。

生命如此珍贵，如此微妙。即便在巍峨亘古的高山面前，人类短暂的生命也毫不逊色，因为生命才是这天地间最美好的。每个人都有不一样的人生际遇，但我们都能随着毕淑敏的文字，进入到她的文字情境中，跟着她一起领悟生命的真谛，一起珍惜生命，一起感叹一句"人间值得"！

二、认识自我，彰显个体价值

我们都是普通人，在奇伟磅礴的大自然面前，我们很渺小；而在生活的琐碎中，我们又很容易迷失自我，怀疑人生。毕淑敏的心理散文，就是写给我们这样普通人的，她的文章让我们认识到自己的重要，认识到自己即使很平凡，也可以过很有意义的人生。

在《我很重要》一文中，她从"我"对人类文明传承的意义、个体生命产生的偶然、"我"对父母、伴侣、子女、朋友、事业等方面，阐释了每一个"我"的重要性，她告诉我们，"我们的地位可能很卑微，我们的身份可能很渺小，但丝毫不意味着我们不重要"，"只要我们在时刻努力着，为光明奋斗着，我们就是无比重要地生活着"。这一认识，传达出一种可贵的尊重自我、尊重每一个生命个体的意识，启发我们重新认识自我，观照自己的人生。

她的许多文章，都在告诉我们，每一个平凡的"我"的心中，都可以"贮备着丰足的力量和充沛的爱，足以抵抗征程的霜雪和苦难"。她在《没有一棵小草自惭形秽》中说，"草是卑微的，但卑微并非指向羞惭。在庄严的大树身旁，一棵微不足道的小草都可以毫不自惭形秽地生活着，何况我们万物灵长的人类"。在《每只小狗都有一个目标》中，她告诉我们每个人都应该有自己的目标，这样才能实现自己的价值。在《泥沙俱下地生活》中，她告诉我们，"日常生活的核心，其实是如何善待每个人仅此一次的生命。如果你珍惜生命，就不必因为小的苦恼而厌倦生活。因为泥沙俱下并不完美的生活，正是组成宝贵生命的原材料"。

这些从灵魂深处流淌出来的对于生命个体价值的深刻体认，表达了毕淑敏对人生的一种达观的理解和独特的感悟。而这些感悟，又如春风化雨般，抚慰着我们迷乱的心，让我们平静，慢慢地寻找着最真实、宽厚而又勇敢的自己。

三、提醒幸福，享受美好生活

幸福需要提醒吗？需要，因为很多人是幸福盲。我们常常看到虫子，看不到无数摇曳的鲜花；我们常常对痛苦感受明显，对幸福却漠视不见。要让我们的生命更有价值，不仅要看到个体生命的重要，更要真切地感受到生活的美好。毕淑敏通过她的散文，让我们看到幸福的色彩，伸手触及了幸福的存在。

《提醒幸福》阐释了幸福的内涵，字里行间流露出毕淑敏对生命的感悟和达观，平静的讲述让我们思索什么是幸福，如何体验幸福。她告诉我们："享受幸福是需要学习的，当幸福即将来临的时刻需要提醒。人可以自然而然地学会感官的享乐，人却无法天生地掌握幸福的韵律。"作者的意思是说，幸福是一种心理体验，我们需要在生活中敏感地捕捉到幸福的存在，每时每刻，我们都可以找到让自己幸福的理由，"甚至当我们连心都不存在的时候，那些人类最优秀的分子仍旧可以对宇宙大声说：我很幸福。因为我曾经生活过。"其实，这句话不仅那些最优秀的分子可以说，我们每一个认真努力地活过一生的人都可以这样说。

在《幸福的七种颜色》中，她说："只要你认真寻找，幸福比比皆是。幸福不是一种颜色，也不是七种颜色，甚至也不是一百种颜色……幸福比所有这些相加还要多，幸福是无限的。"在《幸福盲》中，她说："幸福盲如同色盲，把绚烂的世界还原成了模糊的黑白照片。拭亮你幸福的瞳孔吧，就会看到被潜藏被遮掩被蒙蔽被混淆的幸福，就如美人鱼一般从深海中升起，哺育着我们。"

毕淑敏就用这样充满智慧的话语，提醒着人们在匆忙的人生中不要忘记享受幸福，轻轻地打开人们对幸福的感知能力。

曾经做心理医生的经历，让毕淑敏意识到，心理咨询只能解决少部分人的问题，这是一种纯粹的手工劳动，无法批量生产，不能给更多的人以帮助。而用文字把自己的感悟表达出来，能给更多人以触动，引起他们的思考，所以她弃医从文，把自己的人生体验诉诸笔端，希望通过自己的努力，帮助人们找到心灵的家园。

阅读毕淑敏的散文，我们感受到一种来自作者的尊重、信任和坦诚。咀嚼着作者睿智而温润的文字，我们会豁然开朗，对我们的未来更有信心，充满希望。

那么，让我们读起来吧，徜徉在智慧的花海中，采撷幸福的花蜜。

目 录

第一辑　相信自己

我很重要

当我说出"我很重要"这句话的时候，颈项后面掠过一阵战栗。我知道这是把自己的额头裸露在弓箭之下了，心灵极容易被别人的批判洞伤。

许多年来，没有人敢在光天化日之下表示自己"很重要"。我们从小受到的教育都是——"我不重要"。

作为一名普通士兵，与辉煌的胜利相比，我不重要。

作为一个单薄的个体，与浑厚的集体相比，我不重要。

作为一位奉献型的女性，与整个家庭相比，我不重要。

作为随处可见的人的一分子，与宝贵的物质相比，我们不重要。

当我在国外的一份刊物上看到"一个人的价值胜于整个世界"的口号时，曾大惑不解。

我们——简明扼要地说，就是每一个单独的"我"——到底重要还是不重要？

我是由无数星辰日月草木山川的精华汇聚而成的。只要计算一下我们一生吃进去多少谷物，饮下了多少清水，才凝聚成一具美轮美奂的躯体，我们一定会为那数字的庞大而惊讶。平日里，我们尚要珍惜一粒米、一叶菜，难道可以对亿万粒菽粟亿万滴甘露滋养出的万物之灵，掉以丝毫的轻心吗？

当我在博物馆里看到北京猿人窄小的额和前凸的吻时，我为人类原始时期的粗糙而黯然。他们精心打制出的石器，用今天的目光看来不过是极简单的玩具。如今很幼小的孩童，就能熟练地操纵语言，我们才意识到已经在进化之路上前进了多远。我们的头颅就是一部历史，无数祖先进步的痕迹储存于脑海深处。我们是一株亿万年苍老树干上最新萌发的绿叶，不单属于自身，更属于土地。人类的精神之火，是连绵不断的链条，作为精致的一环，我们否认了自身的重要，就是推卸了一种神圣的承诺。

　　回溯我们诞生的过程，两组生命基因的嵌合，更是充满了人所不能把握的偶然性。我们每一个个体，都是机遇的产物。

　　常常遥想，如果是另一个男人和另一个女人，就绝不会有今天的我……

　　即使是这一个男人和这一个女人，如果换了一个时辰相爱，也不会有此刻的我……

　　即使是这一个男人和这一个女人在这一个时辰，由于一片小小落叶或是清脆鸟啼的打搅，依然可能不会有如此的我……

　　一种令人怅然以至走入恐惧的想象，像雾霭一般不可避免地缓缓升起，模糊了我们的来路和去处，令人不得不断然打住思绪。

　　我们的生命，端坐于概率垒就的金字塔的顶端。面对大自然的鬼斧神工，我们还有权利和资格说我不重要吗？

　　对于我们的父母，我们永远是不可重复的孤本。无论他们有多少儿女，我们都是独特的一个。

假如我不存在了，他们就空留一份慈爱，在风中蛛丝般无法附骥地飘荡。

假如我生了病，他们的心就会皱缩成石块，无数次向上苍祈祷我的康复，甚至愿灾痛以 10 倍的烈度降临于他们自身，以换取我的平安。

我的每一滴成功，都如同经过放大镜，进入他们的瞳孔，摄入他们心底。

假如我们先他们而去，他们的白发会从日出垂到日暮，他们的泪水会使太平洋为之涨潮。

面对这无法承载的亲情，我们还敢说我不重要吗？

我们的记忆，同自己的伴侣紧密缠绕在一处，像两种混淆于一碟的颜色，已无法分开。你原先是黄，我原先是蓝，我们共同的颜色是绿，绿得生机勃勃，绿得苍翠欲滴。失去了妻子的男人，胸口就缺少了生死攸关的肋骨，心房裸露着，随着每一阵轻风滴血。失去了丈夫的女人，就是齐崭崭折断的琴弦，每一根都在雨夜长久地自鸣……

面对相濡以沫的同道，我们忍心说我不重要吗？

俯对我们的孩童，我们是至高至尊的惟一。我们是他们最初的宇宙，我们是深不可测的海洋。假如我们隐去，孩子就永失淳厚无双的血缘之爱，天倾东南，地陷西北，万劫不复。盘子破裂可以粘起，童年碎了，永不复原。伤口流血了，没有母亲的手为他包扎。面临抉择，没有父亲的智慧为他谋略……面对后代，我们有胆量说我不重要吗？

与朋友相处，多年的相知，使我们仅凭一个微蹙的眉尖，一次睫毛的抖动，就可以明了对方的心情。假如我不在了，就像计算机丢失了一份不曾复制的文件，他的记忆库里留下不可填补的黑洞。夜深人静时，手指在揿了几个电话键码后，骤然停住，那一串数字再也用不着默诵了。逢年过节时，她写下一沓沓的贺卡。轮到我的地址时，她闭上眼睛……许久之后，她将一张没有地址只有姓名的贺卡填好，在无人的风口将它焚化。

相交多年的密友，就如同沙漠中的古陶。摔碎一件就少一件，再也找不到一模一样的成品。面对这般友情，我们还好意思说我不重要吗？

我很重要。

我对于我的工作我的事业，是不可或缺的主宰。我的别出心裁的创意，像鸽群一般在天空翱翔，只有我才提得住它们的羽毛。我的设想像珍珠一般散落在海滩上，等待着我把它用金线拴起。我的意志向前延伸，直到地平线消失的远方……

没有人能替代我，就像我不能替代别人。

我很重要。

我对自己小声说。我还不习惯嘹亮地宣布这一主张，我们在不重要中生活得太久了。

我很重要。

我重复了一遍，声音放大了一点。我听到自己的心脏在这种呼唤中猛烈地跳动。

我很重要。

我终于大声地对世界这样宣布。片刻之后，我听到山岳和江海传来回声。

是的，我很重要。我们每一个人都应该有勇气这样说。我们的地位可能很卑微，我们的身份可能很渺小，但这丝毫不意味着我们不重要。

重要并不是伟大的同义词，它是心灵对生命的允诺。

对于一株新生的树苗，每一片叶子都很重要。对于一名孕育中的胚胎，每一段染色体碎片都很重要。甚至驰骋寰宇的航天飞机，也可以因为一个油封橡皮圈的疏漏而凌空爆炸，你能说它不重要吗？

人们常常从成就事业的角度，断定我们是否重要。但我要说，只要我们在时刻努力着，为光明在奋斗着，我们就是无比重要地生活着。

让我们昂起头，对着我们这颗美丽的星球上无数的生灵，响亮地宣布——

我很重要。

 **名师赏析**

本文文笔细腻，说理深刻：每一个人都很重要，我们应该无比重要地生活着。

文章开篇作者就摆出了我们从小受到的教育都是"我不重要"的诸多事实，提出"'我'到底重要还是不重要"这一关键问题，引起大家的思考。

接着，作者以"我们是万物之灵""我们传承人类的精神之火""我们都是机遇的产物"三个方面，从生命的层面阐述了个体的重要性。

然后，以"面对父母""面对伴侣""面对孩子""面对朋友""面对事业"五个方面，从个体与他者关系的联结层面阐述了"我很重要"这一道理。

最后，作者呼唤每一个人能珍视自我，能向全世界宣告"我很重要"，有力地收束了全篇。

自信第一课

1972 年的一天，领导通知我速去乌鲁木齐报到，新疆军区军医学校在停顿若干年后这年第一次招生，只分给阿里军分区一个名额，首长经过研究讨论，决定让我去。

按理说，我听到这个消息应该喜出望外才是。且不说我能回到平地，吸足充分的氧气，让自己被紫外线晒成棕褐色的脸庞得到"休养生息"，就是从学习的角度讲，在重男轻女的部队能够把这样宝贵的唯一的名额分到我头上，也是天大的恩惠了。但是在记忆中，我似乎对此无动于衷，也许是雪山缺氧把大脑纤维冻得迟钝了。我收拾起自己简单的行李，从雪山走下来，奔赴乌鲁木齐。

1969 年，我从北京到西藏当兵，那种中心和边陲的，文明和旷野的，优裕和茹毛饮血的，高地和凹地的，温暖和酷寒的，五颜六色和纯白的……一系列剧烈反差，就在我的心底搅起了沧海桑田般的变化。面临死亡咫尺之遥，面对冰雪整整三年，我再也不是当初那个天真烂漫的城市女孩，内心已变得如同喜马拉雅山万古不化的寒冰般苍老。我不会为了什么事件的突发和变革的急剧而大喜大悲，只会淡然承受。

入学后，从基础课讲起，用的是第二军医大学的教材，教员由本校的老师和新疆军区总医院临床各科的主任、新疆医学院的教授担任。记得有一次，考临床病例的诊断和分析，要学员提出相应的治疗方案。那是一个不复杂的病案，大致的病情是由病毒引起重度上呼吸道感染，病人发烧流涕咳嗽、血象低，还伴有一些阳性体征。我提出方案的时候，除了采用常规的治疗外，还加用了抗菌素。

讲评的时候，执教的老先生说："凡是在治疗方案里使用了抗菌素的同学都要扣分。因为这是一个病毒感染的病例，抗菌素是无效的。如果使用了，一是浪费，二是造成抗药，三是无指征滥用，四是表明医生对自己的诊断不自信，一味追求保险系数……"老先生发了一通火，走了。

后来，我找到负责教务的老师，讲了课上的情况，对他说："我就是在方案中用了抗菌素的学员。我认为那位老先生的讲评有不完全的地方。我觉得冤枉。"

教务老师说："讲评的老先生是新疆最著名的医院的内科主任，是在 1949 年前的帝国医科大学毕业的；在国民党的军队里做到很高的医官，他的医术在整个新疆是首屈一指的。把这老先生请来给你们讲课，校方已冒了很大的风险。他是权威，讲得很有道理。你有什么不服的呢？"

我说："我知道老先生很棒。但是具体问题要具体分析。他提出的这个病例并没有说出就诊所在的地理位置。比如要是在我的部队，在海拔 5000 米以上的高原，病员出现高烧等一系列症状，明知是病毒感染，一般的抗菌素无效，我也要大剂量使用。因为高原气候恶劣，病员的抵抗力大幅度下降，很可能合并细菌感染。如果到了临床上出现明确的感染征象时才开始使用抗菌素的话，那就晚了，来不及了。病员的生命已受到严重威胁……"

教务老师沉默不语。最后，他说："我可以把你的意见转告给老先生，但是，你的分数不能改。"

我说："分数并不重要。您听我讲完了看法，我已知足了。"

教室的门开了，校工闪了进来，搬进来一把木椅子摆在讲案旁，且侧放。我们知道，老先生又要来了。也许是年事已高，也许是习惯，总之，老先生讲课的时候是坐着的，而且要侧着坐，面孔永远不面向学生，只是对着有门或有窗的墙壁。不知道他这是积习，还是不屑于面对我们，或是有什么难言之隐。

这一次，老先生反常地站着。他满头白发，面容黝黑如铁，身板挺直如笔管，让我笃信了他曾是国民党医官一说。

老先生目光如锥，直视大家，音量不大，但在江南口音中运了力道，话语中就有种清晰的硬度了。他说："听说有人对我的讲评有意见，好像是一个叫毕淑敏的同学。这位同学，你能不能站起来，让我这个当老师的也认识你一下？"

我只有站起来。

老先生很注意地看了我一眼，说："好。毕淑敏，我认识你了，你可以坐下了。"

说实话，那几秒钟，真把我吓坏了。不过，有什么办法呢？说出的话就像注射到肌肉里的药水一样，你是没办法抠出来的。

全班寂静无声。

老先生说："毕淑敏，谢谢你。你是好学生，你讲得很好。你的话里有一部分不是从我这儿学到的，因为我还没有来得及教给你那么多。是的，作为一个好的医生，一定不能全搬书本，一定不能教条，要根据具体的情况决定治疗方案。在这一点上，你们要记住，无论多么好的老师，也不可能把所有的规则都教给你们。我没有去过毕淑敏所在的那个5000米高的阿里，但是我知道缺氧对人的影响。在那种情况下，她主张使用抗菌素是完全正确的。我要把她的分数改过来……"

我听到教室里响起一阵轻微的欢呼。因为写了抗菌素治疗的不仅我一个，很多同学为这一改正而欢欣。

老先生紧接着说："但在全班，我只改毕淑敏一个人的分数。你们有人和她写的一样，还是要被扣分。因为你们没有说出她那番道理，是知其然而不知其所以然。你现在再找我说也不管事了，即使你是冤枉的也不能改。因为就算你原来想到了，但对上级医生的错误没敢指出来。对年轻的医生来说，忠诚于病情和病人，比忠实于导师要重要得多。必要的时候，你宁可得罪你的上司，也万万不能得罪你的病人……"

这席话掷地有声。事过这么多年，我仍旧能够清晰地记得老先生如锥的目光和舒缓但铿锵有力的语调。平心而论，他出的那道题目是要求给出在常规情形下的治疗方案，而我竟从某个特殊的地理环境出发，并苛求于他。对一个初出茅庐的年轻人的不全面的异议，老先生表现出虚怀若谷的气量和真正医生应有的磊落品格。

真的，那个分数对我来说完全不重要，重要的是我在此番高屋建瓴的话语中悟察到了一个优等医生的拳拳之心。

我甚至有时想，班上同学应该很感激我的挑战才对。因为没过多长时间，老先生就因为身体的关系不再给我们讲课了。如果不是我无意中创造了这个机会，我和同学们的人生就会残缺一段非常凝重宝贵的教诲。

我的三年习医生涯，在我的生命中是一个重大的转折。我从生理上明了了人体，也从精神上对自己有了更多的信任。我知道了我们的灵魂居住在怎样的一团组织之中，也知道了它们的寿命和限制。如果说在阿里的时候我对生命还是模模糊糊的敬畏，那么，教师的教诲使我确立了这样的观念：一生珍爱自身，并把他人的生命看得如珠似宝，全力保卫这宝贵而脆弱的珍品。

 **名师赏析**

本文语言生动，发人深省，非常适合中学生阅读。

第一，本文叙事畅达流畅。文章从接到军医学校报到通知开始写起，着重描写自己接到通知时的无动于衷，为后文写自己的改变做了很好的铺垫。接着，写了上学时，因自己的意见与老先生意见不同而找教务主任据理力争，最后得到了老先生的肯定，并深受教育的过程。故事娓娓道来，引人入胜。

第二，语言表达生动准确。作者用"如同喜马拉雅山顽固不化的寒冷般苍老"来形容自己报到前的内心状态；用"满头白发，面容黟黑如铁，身板挺直如笔管"描写老先生的外貌；用"目光如锥，直视大家，音量不大，但在江南口音中运了力道，话语中就有了清晰的硬度"来描述老先生的神态和语言。这些描写语言简洁而准确，很有力道。

第三，道理阐述深刻有力：一生珍爱自身，并把他人的生命看得如珠似宝，全力保卫这宝贵而脆弱的珍品。这道理每个人都应该牢记。

苍茫之悟

很久以来，面对苍凉的荒漠，迷茫的雪原，无法逾越的高山，浩渺无垠的大海……心胸就被一种异样的激情壅塞。骨髓凝固得像钢灰色的轨道，敲之当当作响。血液打着漩涡呼啸而过，在耳畔留下强烈的回音。牙齿因为发自内心的轻微寒意，难以抑制地抖颤。眼睛因为注视遥远的地方，不知不觉中渗透泪水……

当我十六岁第一次踏上藏北高原雪域，这种在大城市从未感受到的体验，从天而降。它像兀鹰无与伦比的巨翅，攫取了我的意志，我被它君临一切的覆盖所震惊。

它同我以前在文明社会中所有的感受相隔膜，使我难以命名它的实质，更无法同别人交流我的感动。

心灵的盲区，语言的黑洞。

我在战栗中体验它博大深长的余韵时，突然感悟到——这就是苍茫。

宇宙苍茫，时间苍茫。风雨苍茫，命运苍茫。历史苍茫，未来苍茫。天地苍茫，生命苍茫。

人类从苍茫的远古水域走来，向苍茫的彼岸划动小舟。与生俱来的孤独之感，永远尾随鲜活的生命，寰宇中孤掌难鸣，但不屈的精灵还是高昂起手臂，仿佛没有旗帜的旗杆指向苍穹……痛苦的人生，没有权利悲哀。

苍茫的人生，没有权利渺小。

名师赏析

这是一篇充满哲思的小短文。

"苍茫"是什么？在陈子昂心中是"前不见古人，后不见来者，念天地之悠悠，独怆然而涕下"；在苏轼笔下是"寄蜉蝣于天地，渺沧海之一粟"。对于中国人来说，苍茫孤独之感，早已融入到我们的文化骨血之中。

然而，毕淑敏对"苍茫"的感悟又有所不同。她曾在藏北高原雪域生活，特殊的地理环境给予了她特别的生命感悟。"我在战栗中体验它（指心灵的盲区，语言的黑洞）的博大深长的余韵时，突然感悟到——这就是苍茫。"但，毕淑敏不只是领悟到"苍茫"的力量，感受到个体的渺小，她与陈子昂和苏轼不同的地方就在于，她认识到"痛苦的人生，没有权利悲哀。苍茫的人生，没有权利渺小"。读到此处，我们有什么理由沉浸在对个人渺小的悲哀中呢？

人类从苍茫的远古水域走来，向苍茫的彼岸划动小舟。

没有一棵小草自惭形秽

被人邀请去看一棵树，一棵古老的树。大约有五千年的历史，已被唐朝的地震弯折了腰，半匍匐着，依然不倒，享受着人们尊敬的注视。

我混在人群中直着脖子虔诚地仰望着古树顶端稀疏的绿叶，一边想，人和树相比是多么的渺小啊。人生出来，肯定是比一粒树种要大很多倍，但人没法长得如树般伟岸。在树小的时候，人是很容易就把树枝包括树干折断，甚至把树连根拔起，树就结束了生命。就算是小树长成了大树，归宿也是被人伐了去，修成各种各样实用的物件。长得好的树，花纹美丽木质出众，也像美女一样，红颜薄命，被人劫掠的可能性更大，于是很多珍贵的树种濒临灭绝。在这一点上，树是不如人的。美女可以人造，树却是不可以人造的。

树比人活得长久，只要假以天年，人是绝对活不过一棵树的。树并不以此做人，爷爷种下的树，照样以硕硕果实报答那人的孙子或是其他人的后代。

通常情况下，树是绝对不伤人的。即便如前几天报上所载一些村民在树下避雨，遭了雷击致死，那元凶也不是树，而是闪电，树也是受害者。人却是绝对伤树的，地球上森林数量的锐减就是明证，人成了树的天敌。

树比人坚忍。在人不能居住的地方，树却裸身生长着，不需要炉火或是空调的保护。树会帮助人的，在饥馑的时候，人扒过树的皮以充饥，我们却从未听到过树会扒下人的什么零件的传闻。

很多书籍记载过这棵古树，若是在树群里评选名人的话，这棵古树是一定名列前茅了。很多诗人词人咏颂过这棵古树，如果树把那些词句都当作叶子一般披挂起来，一定不堪重负。唐朝的地震不曾把它压倒，这些赞美会让它扑在地上。

树的寿命是如此的长久，居然看到过妲己那个朝代的事情。在我们死后很多年，这棵古树还会枝叶繁茂地生长着。一想到这一点，无边的嫉妒就转成深深的自卑。作为一个人活不了那么久远，伤感让我低下头来，于是我就看到了一棵小草，一棵长在古树之旁的小草。只有细长的两三片叶子，纤细得如同婴儿的睫毛。树叶缝隙的阳光打在草叶的几丝脉络上，再落到地上，阳光变得如绿纱一样飘浮了。

这样一株柔弱的小草，在这样一棵神圣的树底下，一定该俯首称臣毕恭毕敬了吧？我竭力想从小草身上找出低眉顺眼的谦卑，最后以失望告终。这棵不知名的小草，毫无疑问是非常渺小的。就寿命计算，假设一岁一枯荣，老树很可能见过小草5000辈以前的祖先。就体量计算，老树抵得过千百万小草集合而成的大军。就价值来说，人们千里万里路地赶了来，只为瞻仰老树，我敢肯定没有一个人是为了探望小草。

既然我作为一个人，都在古树面前自惭形秽了，小草你怎能不顶礼膜拜？我这样想着，就蹲下来看着小草。在这样一棵历史久远声名卓著的古树身边为邻，你岂不要羞愧死了？

　　小草昂然立着，我向它吐了一口气，它就被吹得蜷曲了身子，但我气息一尽，它就像弹簧般伸展了叶脉，快乐地抖动着。我再吹一口气，它还是在弯曲之后怡然挺立。我悲哀地发现，不停地吹下去，有我气绝倒地的一刻，小草却安然。

　　草是卑微的，但卑微并非指向羞惭。在庄严的大树身旁，一棵微不足道的小草都可以毫不自惭形秽地生活着，何况我们万物灵长的人类！

名师赏析

　　对比是本文最突出的手法。

　　首先，树和人对比。文章从古树写起，极力突出了树的古老、珍贵、坚忍和长寿。在如此高贵的树面前，作者感到自己的渺小，感到生命的短暂，因此，产生了嫉妒和自卑之感。

　　第二，树和草对比。作者发现了一棵长在古树边的小草，这棵小草"只有细长的两三片叶子，纤细得如同婴儿的睫毛"，这一形象，在古树面前如此柔弱，它应该自惭形秽了吧？然而，面对古树，小草昂然挺立。

　　第三，人和草对比。"我"的嫉妒和自卑，与小草的挺立和安然形成了鲜明的对比。小草的不羞愧，让我深受启发：在庄严的大树身旁，一棵微不足道的小草都可以自信昂扬地生活着，何况我们万物灵长的人类！

风不能把阳光打败

"但是"这个连词，好似把皮坎肩缀在一起的丝线，多用在一句话的后半截儿，表示转折。

比方说：你这次的考试成绩不错，但是——强中自有强中手。

比方说：这女孩身材不错，但是——皮肤黑了些。

不知"但是"这个词刚发明的时候，它前后意思的分量是否大致相当。也就是说，它只是一个单纯纽带，并不偏向谁。后来在长期的使用磨损中，悄悄变了。无论在它之前堆积了多少褒词，"但是"一出，便像洒了盐酸的污垢，优点就冒着泡没了踪影，记住的总是贬义，好似爬上高坡，没来得及喘匀口气，"但是"就不由分说地把你推下了谷底。

"但是"成了把人心捆成炸药包的细麻绳，成了马上有冷水泼面的前奏曲，让你把前面的温暖和光明淡忘。只有振作精神，迎击扑面而来的顿挫。

其实，所有的光明都有暗影，"但是"的本意，不过是强调事物立体。可惜日积月累的负面暗示，"但是"这个预报一出，就抹去了喜色，忽略了成绩，轻慢了进步，贬斥了攀升。

一位心理学家主张大家从此废弃"但是"，改用"同时"。

比如我们形容天气的时候，早先说，今天的太阳很好，但是风很大。

今后说，今天的太阳很好，同时风很大。

最初看这两句话的时候，好像没有多大差别。你不要着急，轻声地多念几遍，那分量和语气的韵味，就体会出来了。

"但是风很大"，会把人的注意力凝固在不利的因素上，觉着太阳好不是件值得高兴的事情，风大才是关键。借助了"但是"的威力，风把阳光打败。

"同时风很大"，它更中性和客观，前言余音袅袅，后语也言之凿凿，不偏不倚，公道而平整。它使我们的心神安定，目光精准，两侧都观察得到，头脑中自有安顿。

一词背后，潜藏着的是如何看待世界和自身的目光。

花和虫子，一并存在。我们的视线降落在哪里？

"但是"，是一副偏光镜，让我们把它对准虫子，把它的身子放得浓黑硕大。

"同时"，是一个透明的水晶球，均衡地透视整体，既看见虫子，也看见无数摇曳的鲜花。

尝试用"同时"代替"但是"吧。时间长了，你会发现自己多了勇气，因为情绪得到了保养和呵护。你会发现拥有了宽容和慈悲，因为更细致地发现了他人的优异。你能较为敏捷地从地上爬起，因为看到沟坎的同时，也看到了远方的灯火……

名师赏析

这是一篇说理散文。

语言不仅仅是思维的工具，它就是思维本身。一个普通的词语，表达出来的却是我们的世界观、人生观。毕淑敏通过对"但是"和"同时"在语境中的不同表达效果的辨析，让我们看到了两种不同的人生态度——"但是"偏消极，而"同时"更客观，更积极。"今天太阳很好，但是风很大"与"今天太阳很好，同时风很大"，两句话只有一个词的区别，却让我们看到了风与阳光的不同力量，更看到了两种完全不同的处世心态。

道理深刻，语言却非常晓畅。"花和虫子，一并存在。我们的视线降落在哪里？"深刻的道理，通过这样生动的比喻揭示出来，既引人深思又韵味无穷，极富美感。

每天都冒一点险

"衰老很重要的标志，就是求稳怕变。所以，你想保持年轻吗？你希望自己有活力吗？你期待着清晨能在对新生活的憧憬中醒来吗？有一个好办法啊——每天都冒一点险。"

以上这段话，见于一本国外的心理学小册子。像给某种青春大力丸做广告。本待一笑了之，但结尾的那句话吸引了我——每天都冒一点险。

"险"有灾难狠毒之意。如果把它比成一种处境一种状态，你说是现代人碰到它的时候多呢，还是古代甚至原始时代碰到它的多呢？粗粗一想，好像是古代多吧？茹毛饮血刀耕火种的，危机四伏。细一想，不一定。那时的险多属自然灾害，虽然凶残，但比较单纯。现代了，天然险这种东西，也跟热带雨林似的，快速稀少，人工险增多，险种也丰富多了。以前可能被老虎毒蛇害掉，如今是坠机车祸失业污染所伤。以前是躲避危险，现代人多了越是艰险越向前的嗜好。住在城市里，反倒因为无险可冒而焦虑不安。一些商家，就制出"险"来售卖，明码标价。比如"蹦极"这事，实在挺惊险的，要花不少钱，算高消费了。且不是人人享用得了的，像我等体重超标，一旦那绳索不够结实，就不是冒一点险，而是从此再也用不着冒险了。

穷人的险多呢还是富人的险多呢？粗一想，肯定是穷人的险多，爬高上低烟熏火燎的，恶劣的工作多是穷人在操作；就是明证。但富人钱多了，去买险来冒，比如投资或是赌博，输了跳楼饮弹，也扩大了风险的范畴。就不好说谁的险更多一些了。看来，险可以分大小，却是不宜分穷富的。

险是不是可以分好坏呢？什么是好的冒险呢？带来客观的利益吗？对人类的发展有潜在的好处吗？坏的冒险又是什么呢？损人利己夺命天涯？

嗨！说远了。我等凡人，还是回归到普通的日常小险上来吧。

每天都冒一点险，让人不由自主地兴奋和跃跃欲试，有一种新鲜的挑战性。我给自己立下的冒险范畴是：以前没干过的事，试一试。当然了，以不犯法为前提。以前没吃过的东西尝一尝，条件是不能太贵，且非国家保护动物。（有点自作多情。不出大价钱，吃到的定是平常物。）

即有蠢蠢欲动之感。可惜因眼下在北师大读书，冒险的半径范围较有限。清晨等车时，悲哀地想到，"险"像金戒指，招摇而靡费。比如到西藏，可算是大众认可的冒险之举，走一趟，费用可观。又一想，早年我去那儿，一文没花，还给每月6元的津贴，因是女兵，还外加7角5分钱的卫生费。真是占了大便宜。

车来了。在车门下挤得东倒西歪之时，突然想起另一路公共汽车，也可转乘到校，只是我从来不曾试过这种走法，今天就冒一次险吧。于是拧身退出，放弃这路车，换了一趟新路线。七绕八拐，挤得更甚，费时更多，气喘吁吁地在差一分钟就迟到的当儿，撞进了教室。

不悔。改变让我有了口渴般的紧迫感。一路连颠带跑的，心跳增速，碰了人不停地说对不起，嘴巴也多张合了若干次。

今天的冒险任务算是完成了。变换上学的路线，是一种物美价廉的冒险方式，但我决定仅用这一次，原因是无趣。

第二天冒险生涯的尝试是在饭桌上。平常三五同学合伙吃午饭，AA制，各点一菜，盘子们汇聚一堂，其乐融融。我通常点鱼香肉丝辣子鸡丁类，被同学们讥为"全中国的乡镇干部都是这种吃法"。这天凭着巧舌如簧的菜单，要了一盘"柳芽迎春"，端上来一看，是柳树叶炒鸡蛋。叶脉宽的如同观音净瓶里洒水的树枝，还叫柳芽，真够谦虚了。好在碟中绿黄杂糅，略带苦气，味道尚好。

第三天的冒险颇费思索。最后决定穿一件宝石蓝色的连衣裙去上课。要说这算什么冒险啊，也不是樱桃红或是帝王黄色，蓝色老少咸宜，有什么穿不出去的？怕的是这连衣裙有一条黑色的领带，好似起锚的水兵。衣服是朋友所送，始终不敢穿的症结正因领带。它是活扣，可以解下。为了实践冒险计划，铆足了勇气，我打着领带去远航。浑身的不自在啊，好像满街筒子的人都在端详议论。仿佛在说：这位大妈是不是有毛病啊，把礼仪小姐的职业装穿出来了？极想躲进路边公厕，一把揪下领带，然后气定神闲地走出来。为了自己的冒险计划，咬着牙坚持了下来。走进教室的时候，同学友好地喝彩，老师说，哦，毕淑敏，这是我自认识你以来，你穿的最美丽的一件衣裳。

三天过后，检点冒险生涯，感觉自己的胆子比以往大了一点。有很多的束缚，不在他人手里，而在自己心中。别人看来微不足道的一件事，在本人，也许已构成了茧鞘般的裹胁。突破是一个过程，首先经历心智的拘禁，继之是行动的惶惑，最后是成功的喜悦。

名师赏析

原来，散文也可以很有悬念，本文就是一个成功的范例。

文章由一句广告词引出话题，"每天都冒一点险"。为什么要冒险呢？冒险之后有怎样的收获呢？刚读开头，我们的脑海中就会闪现出一连串的问题来——这正是作者设置悬念的写作匠心。

接着，作者先通过议论，说了"险"之含义、大小与好坏，从而限定了"我"所要冒的险——普通的日常小险。然后作者给我们讲述了三次冒险的经历，一次是换新路线回学校，一次是饭桌上点新菜式，一次是穿一件从不敢穿的衣服。最后，作者告诉了我们冒险的心得：有很多的束缚，不在他人手里，而在自己心中。也告诉我们要突破自缚之茧，才能收获成功的喜悦。

原来，冒险不是为了寻求刺激，而是为了打破常规，突破自我，成就全新的自我。作者设置的悬念到最后才算是全部解开。

握紧你的右手

常常见女孩郑重地平伸着自己的双手，仿佛托举着一条透明的哈达。看手相的人便说，男左女右。女孩把左手背在身后，把右手手掌对准湛蓝的天。

常常想世上可真有命运这种东西？它是物质还是精神？难道说我们的一生都早早地被一种符咒规定，谁都无力更改？我们的手难道真是激光唱盘，所有的祸福都像音符微缩其中？

当我沮丧的时候，当我彷徨的时候，当我孤独寂寞悲凉的时候，我曾格外地相信命运，相信命运的不公平。

当我快乐的时候，当我幸福的时候，当我成功优越欣喜的时候，我格外地相信自己，相信只有耕耘才有收成。

渐渐地，我终于发现命运是我怯懦时的盾牌，当我叫嚷命运不公最响的时候，正是我预备逃遁的前奏。命运像一只筐，我把自己对自己的姑息、原谅以及所有的延宕都一股脑地塞进去，然后蒙一块宿命的轻纱。我背着它慢慢地向前走，心中有一份心安理得的坦然。

有时候也诧异自己的手。手心叶脉般的纹路还是那样琐细，但这只手做过的事情，却已有了几番变迁。

在喜马拉雅山、冈底斯山、喀喇昆仑山三山交汇的高原上，我当过卫生员。在机器轰鸣铜水飞溅的重工业厂区里，我做过主治医师。今天，当我用我的笔杆写我对这个世界的想法时，我觉得是用我的手把我的心制成薄薄的切片，置于真和善的天平之上……

高原呼啸的风雪，卷走了我一生中最好的年华，并以浓重的阴影，倾泻于行程中的每一处驿站。

岁月送给我苦难，也馈赠我清醒与冷静。我如今对命运的看法，恰恰与少年时相反。

当我快乐当我幸福当我成功当我优越当我欣喜的时候，当一切美好辉煌的时刻，我要提醒我自己——这是命运的光环笼罩了我。在这个环里，居住着机遇，居住着偶然性，居住着所有帮助过我的人。

而当我挫折和悲哀的时候，我便镇静地走出那个怨天尤人的我，像孙悟空的分身术一样，跳起来，站在云头上，注视着那个不幸的人，于是，我清楚地看到了她的软弱，她的怯懦，她的虚荣以及她的愚昧……

年近不惑，我对命运已心平气和。

小时候是个女孩，大起来成为女人，总觉得做个女人要比男人难，大约以后成了老婆婆，也要比老爷爷累。

生活中就像没有无缘无故的爱一样，也没有无缘无故的幸运。对于女人，无端的幸运往往更像一场阴谋一个陷阱的开始。我不相信命运，我只相信我的手。

因为它不属于冥冥之中任何未知的力量，而只属于我的心。我可以支配它，去干我想干的任何一件事情。我不相信手掌的纹路，但我相信手掌加上手指的力量。

蓝天下的女孩，在你纤细的右手里，有一粒金苹果的种子。所有的人都看不见它，惟有你清楚地知道它将你的手心炙得发痛。

那是你的梦想，你的期望！

女孩，握紧你的右手，千万别让它飞走！相信自己的手，相信它会在你的手里，长成一棵会唱歌的金苹果树。

名师赏析

设问，是这篇文章的突出特点。

文章开篇由女孩伸出右手对准蓝天的景象，引出四个问题：是否有命运？命运是物质还是精神？我们能够改命吗？我们的手上是否写满所有的祸福？

作者以自己对人生的感悟和认识来回答这几个问题，最后告诉我们：我不相信手掌的纹路，但我相信手掌加上手指的力量。

文中有许多充满哲思的金句。如："岁月送给我苦难，也馈赠我清醒与冷静。""生活中就像没有无缘无故的爱一样，也没有无缘无故的幸运。""蓝天下的女孩，在你纤细的右手里，有一粒金苹果的种子。所有的人都看不见它，惟有你清楚地知道它将你的手心炙得发痛。那是你的梦想，你的期望！"这些金句，如同智者的忠告，值得我们好好品读和积累。

看着别人的眼睛

很小的时候，如果我有了过失，说了谎话，又不愿承认的时候，妈妈就会说：看着我的眼睛。如果我襟怀坦荡，我就敢看着她的眼睛，否则就只有羞愧地低头。

从此，我面对别人的时候，看着他的眼睛。

当我失败的时候，看着亲人的眼睛，我无地自容。但悲伤会使我的眼睛蒙满泪水，却不会使我闭上眼睛。看着批评我的目光，我会激起正视缺点的勇气与信念。我会仔细回顾我走过的路，看看自己是怎样跌倒的，今后避开同样的危险。

当我受到表扬的时候，我也快乐地注视着别人的眼睛。我不喜欢假装谦虚把睫毛深深地垂下，一个人回到僻静处悄悄地乐。我愿意把心中的喜悦像满桶的水一样溢出来，让我的朋友们分享。在我的亲人我的朋友的眼睛里，我读出他们的快活和对我更高的希冀。表扬不但没有使我忘乎所以，反倒更使我感到肩上的担子沉重。成功好比是一座小山，一个准备走很远的路的旅人，站得高了，才会看到目的地的篝火。他会加快自己的脚步。

当我面对陌生人的时候，我会格外注视他的眼睛。眼睛是心灵的窗户已经是被说腻了的古话，可我要说眼睛不仅仅是窗户，它是心灵的家。假如陌生人的目光坦诚而友好，我会向他伸出我的手。假如陌生人的目光犹疑而彷徨，我断定他为一个没有主见的人，不能成为朋友。假如陌生人的目光躲闪而阴暗，我会退避三舍，在心里敲起警钟。假如陌生人的目光孤苦无告，我愿意提供力所能及的帮助。

当我面对熟识的人的时候，我会观察他的眼睛有没有变化。岁月会改变一个人的眼光，就像油漆的家具会变色一样。但是有些老朋友的眼光是不会变的，像最清澈的水晶，晶莹一生。但他们的眼睛会随着思绪的喜怒哀乐变换颜色，作为朋友，我愿与他们分担。假如他们悲哀，我愿为他们宽心。假如他们喜悦，我愿与他们分享。假如他们焦虑，我愿出谋划策。假如他们忧郁，我愿陪着他们沿着静静的小河走很远很远。

当我独自一人面对镜子的时候，我严格地审视自己的眼睛。它是否还保持着童年人的纯真与善良？它是否还凝聚着少年人的敏锐与蓬勃？它在历尽沧桑以后，是否还向往人世间的真善美？面对今后岁月的风霜雨雪，它是否依旧满怀勇气与希望？

当我面对森林的时候，我注视着森林的眼睛。它就是树干上斑驳的年轮和随风摇曳的无数嫩叶。它们既苍老又年轻，流露出大自然无限的生机。

当我在月夜里面对星空的时候，我注视着宇宙的眼睛。那是苍穹无数的星辰。天是那样的幽蓝而辽阔，周围是那样的静寂而悠远。作为一个单独的人，我们是多么的渺小啊！但正是看似微不足道的人类，开始了征服宇宙的长征。在这个意义上，人类有时那样伟大而悲壮。每一个孤立的人，都像火星一样微弱，但集结起来，就可以给迷途的人指引方向，就可以在黑暗中放出光明。

我注视着滔滔的流水，浪花就是它的眼睛。生命在于运动，假如大海没有了波涛，就结束了它浩瀚博大的使命，大海就瞎了，成为死水一潭。再也不能负载舟楫远航，再也不能任海鸥翱翔，再也不能繁养无数的水族，再也不能驮着我们在海滩上嬉戏……

世界上所有的生灵都有它们的眼睛。就看你用不用心寻找，就看你有没有勇气和它对视。

当我刚刚开始学习注视别人的眼睛的时候，心中很有些不安。我觉得自己是个小小的孩童，我怎么敢看着别人的眼睛？那不是太不尊敬人了吗？我对妈妈讲了我的顾虑，她笑了，说，那你明天试着看看老师的眼睛。

第二天，在课堂上，我开始注视着老师的眼睛。好怪啊，老师好像专门给我一个人讲课似的。我的思考紧紧地跟随老师的讲解，在知识的密林里寻觅。当讲到重要的地方，我看到老师的眼睛里冒出精彩的火花，我知道自己一定要记住它。当老师的眼光像湖水一样平静的时候，我知道这只需要一般掌握。当我在读老师眼睛的时候，老师也在读我的眼睛。假如我显现出迷惘与困惑，老师就会停顿他讲解的步伐，在原地连兜几个圈子，直到我的目光重又明亮如洗。假如我调皮地向他眨眨眼睛，他会突然把讲了一半的话咽进嘴里，他知道我已心领神会，可以继续向下讲了。

我这才知道，眼睛对眼睛，是可以说话的。它们进行无声的交流，在这种通行的世界语里，容不得谎言，用不着翻译。它们比嘴巴更真实地反映着一个人隐秘的内心世界。

随着年龄的增长，我明白了注视着别人的眼睛，是一种郑重，是一种尊敬，是一种信任，是一种坦诚。

当然了，这种注视不是死瞪瞪地盯着人家看，那样可真有点傻乎乎并且不文雅了。注视的目光应该是宁静而安然的，好像是我们在晴朗的天气，眺望远处的青山。

如果我听懂了他的话，我会轻轻地点头。如果我需要他详细解说，我会用目光传达出这种请求。

注视着别人的眼睛，也给自己提出了更高的要求。

当我注视着别人的眼睛说谢谢你的时候，我必须发自内心的真诚。

当我注视着别人的眼睛说对不起的时候，我必须传递由衷的歉意。

当我注视着别人的眼睛说我能把这件事做好，我一定要下一个必胜的信心。当我注视着别人的眼睛说请相信我，我觉得自己陡然间增长了才干和胆魄。医学家证明，人在说谎的时候，无论多么历练老辣，他的眼睛都会泄露他的秘密。他的瞳孔会散大，他的视线会游移，眼睑也会不由自主地下垂。为了我们能够勇敢地注视别人的眼睛并不怕被别人所注视，让我们做一个襟怀坦荡心灵像水晶般的人。

 **名师赏析**
....

　　《看着别人的眼睛》思路清晰畅达，语言朴质真诚，主旨明确深刻。

开头从妈妈对自己的要求写起，接着从面对不同境遇、不同人、不同自然景色三个方面列举了八种情形下的所思所想，告诉人们怎样对待失败和表扬，怎样面对陌生人、熟人、自己，以及思索森林、星空、流水带给自己的生命启示。

接下来作者干净利落地绾结上文，引出下文。再次写到自己和妈妈的对话，引出我对老师眼睛的注视，从而进一步得出"眼睛的注视是一种心灵的交流"。看着别人的眼睛不仅是一种尊重、信任和坦诚的表现，也能促使自己变得真诚、充满信心和力量，成为一个襟怀坦荡如水晶的人。全文由一个日常生活细节引出丰富的感悟和深刻的人生道理，如溪水潺潺流向大海，结构精巧，给人启迪。

我在寻找那片野花

　　一位女友，告诉我这样一件事。

　　上小学的时候，班上有个女同学，叫作荞，家境贫寒，每学期都免交学杂费的。她衣着破烂，夏天总穿短裤，是捡哥哥剩下的。我和她同期加入少先队。那时候，入队仪式很庄重。新发展的同学面向台下观众，先站成一排，当然脖子上光秃秃的，此刻还未被吸收入组织嘛。然后一排老队员走上来，和非队员一对一地站好。这时响起令人心跳的进行曲，校长或是请来的英模——总之是德高望重的长辈，口中念念有词，说着"红领巾是红旗的一角，是用烈士的鲜血染成"等教诲，把一条条新的红领巾发到老队员手中，再由老队员把这一鲜艳的标志物，绕到新队员的脖子上，亲手挽好结，然后互敬队礼，宣告大家都是队友啦！隆重的仪式才算完成。

　　新队员的红领巾，是提前交了钱买下的。荞说她没有钱。辅导员说，那怎么办呢？荞说，哥哥已超龄退队，她可用哥哥的旧领巾。于是那天授巾的仪式，就有一点特别。当辅导员用托盘把新领巾呈到领导手中的时候，低低说了一句。同学们虽听不清是什么，但能猜出来——那是提醒领导，轮到荞的时候，记得把托盘里的那条旧领巾分给她。

满盘的新领巾好似一塘金红的鲤鱼，支棱着翅角。旧领巾软绵绵地卧着，仿佛混入的灰鲫，落寂孤独。那天来的领导，可能老了，不曾听清这句格外的交代，也许他根本没想到还有这等复杂的事。总之，他一一发放领巾，走到荞的面前，随手把一条新领巾分给了她。我看到荞好像被人砸了一下头顶，身体矮了下去。灿如火苗的红领巾环着她的脖子，也无法映暖她苍白的脸庞。

那个交了新红领巾的钱，却分到一条旧红领巾的女孩，委屈至极。当场不好发作，刚一散会，就怒气冲冲地跑到荞跟前，一把扯住荞的红领巾说，这是我的！你还给我！

领巾是一个活结，被女孩拽住一股猛挣，就系死了，好似一条绞索，把荞勒得眼珠凸起，喘不过气来。

大伙扑上去拉开她俩。荞满眼都是泪花，窒得直咳嗽。

那个抢领巾的女孩自知理亏，嘟囔着，本来就是我的嘛！谁要你的破红领巾！说着，女孩把荞哥哥的旧领巾一把扯下，丢到荞身上，补了一句——我们的红领巾都是烈士用鲜血染的，你的这条红色这么淡，是用刷牙出的血染的。

经她这么一说，我们更觉得荞的那条旧得凄凉。风雨洗过，阳光晒过，淅了颜色，布丝已褪为浅粉。铺在脖子后方的三角顶端部分，几成白色。耷拉在胸前的两个角，因为摩挲和洗涤，絮毛纷披，好似炸开的锅刷头。

我们都为荞不平，觉得那女孩太霸道了。荞一声未吭，把新领巾折得齐整整，还了它的主人。把旧领巾端端系好，默默地走了。

后来我问荞，她那样对你，你就不伤心吗？荞说，谁都想要新领巾啊，我能想通。只是她说我的红领巾，是用刷牙出的血染的，我不服。我的红领巾原来也是鲜红的，哥哥从九岁戴到十五岁，时间很久了。真正的血，也会褪色的。我试过了。

我吓了一跳。心想，她该不是自己挤出一点血，涂在布上，做过什么试验吧？我没敢问，怕得到一个肯定的答复。

毕业的时候，荞的成绩很好，可以上重点中学。但因为家境艰难，只考了一所技工学校，以期早早分担父母的窘困。

在现今的社会里，如果没有意外的变故，接受良好的教育，是从较低阶层进入较高阶层的——不说是惟一，也是最基本的通道。荞在很小的时候，就放弃了这种可能。她也不是具国色天香的女孩，没有王子骑了白马来会她。所以，荞以后的路，就一直在贫困的底层挣扎。

我们这些同学，已近了知天命的岁月。在经历了种种的人生，尘埃落定之后，屡屡举行聚会，忆旧兼互通联络。荞很少参加，只说是忙。于是那个当年扯她领巾的女子说，荞可能是混得不如人，不好意思见老同学了。

荞是一家印刷厂的女工。早几年，厂子还开工时，她送过我一本交通地图。说是厂里总是印账簿一类的东西，一般人用不上的。碰上一回印地图，她赶紧给我留了一册，想我有时外出，或许会用得着。

说真的，正因为常常外出，各式地图我很齐备。但我还是非常高兴地收下了她的馈赠。我知道，这是她能拿得出的最好的礼物了。

一次聚会，荞终于来了。她所在的工厂宣布破产。她成了下岗女工。她的丈夫出了车祸，抢救后性命虽无碍，但伤了腿，从此吃不得重力。儿子得了肝炎休学，需要静养和高蛋白。她在几地连做小时工，十分奔波辛苦。这次刚好到这边打工，于是抽空和老同学见见面。

我们都不知说什么好，只是紧握着她的手。她的掌上有很多毛刺，好像一把尼龙丝板刷。

半小时后，荞要走了。同学们推我送送她。我打了一辆车，送她去干活的地方。本想在车上，多问问她的近况，又怕伤了她的尊严。正斟酌为难时，她突然叫起来——你看！你快看！

窗外是城乡交界部的建筑工地，尘土纷扬，杂草丛生，毫无风景。我不解地问，你要我看什么呢？

荞很开心地说，我要你看路边的那一片野花啊。每天我从这里过的时候，都要寻找它们。我知道它们哪天张开叶子，哪天抽出花茎，在哪天早晨，突然就开了……我每天都向它们问好呢！

我一眼看去，野花已风驰电掣地闪走了，不知是橙是蓝。看到的只是荞的脸，憔悴之中有了花一样的神采。于是，我那颗久久悬起的心，稳稳地落下了。我不再问她任何具体的事情，彼此已是相知。人的一生，谁知有多少艰涩在等着我们？但荞经历了重重风雨之后，还在寻找一片不知名的野花，问候着它们。我知道在她心中，还贮备着丰足的力量和充沛的爱，足以抵抗征程的霜雪和苦难。

此后我外出的时候，总带着荞送我的地图册。朋友这样结束了她的故事。

名师赏析

《我在寻找那片野花》是一篇写人叙事的散文。

首先，文章运用反衬手法，突出了荞的美好心灵。家庭拮据，荞却能做到不占便宜，为他人着想，理解他人，学业成绩优异；工作收入低下，荞却想着与人方便，赠"我"地图；生活艰难，荞却能够勇于承担，心中不忘欣赏路边的野花。这些反衬宛如雕刻刀，雕刻出荞美好的心灵世界。

其次文章擅长使用生动贴切的比喻，传神刻画出事物特征。如写旧红领巾"仿佛混入的灰鲫，落寂孤独"，写同学拽住荞脖子里的领巾"好似一条绞索"，写荞布满毛刺的劳动的双手"好像一把尼龙丝板刷"，在刻画的同时，也流露出作者内心对荞的同情和怜惜。

再次，文章以小见大，主旨深刻，由困境中的荞能够欣赏路边的野花来引出"贮备着丰足的力量和充沛的爱，足以抵抗征程的霜雪和苦难"这个深刻的主旨。

做一棵城市树需要勇气

城市中的树比乡村当中的树，要更经得起吵闹。乡村是安静的，有黎明前的黑暗和黄昏的炊烟，城里的树却要被五花八门的噪音轰得聋掉。如果把城市的树叶和乡村的树叶堆到一起，拿一把音叉来测它们对声音的反应，乡村的树叶一定是灵敏和易感的，像婴儿一样好奇。城市的树叶却像饱经沧桑的老汉，有点大智若愚的呆傻在里面。

城市的树比旷野当中的树，要肮脏许多。它们的脸上蒙着汽油、柴油、花生油和地沟油的复合膏脂，还有女人飘荡的香粉和犬的粪便干燥之后的微粒。旷野当中的树啊，即使屹立在沙尘暴中，披满了黄土的斗篷上点缀着不规则的石英屑，寒碜粗糙，却有着浑然一体的本色和单纯。

城市当中的树比起峡谷当中的树，要谨小慎微得多。不可以放肆地飞舞杨花柳絮，那会让很多娇弱的城里人过敏，也污了春光明媚的镜头里的嫣然一笑。城里人只喜欢鳏夫和寡居的树，不喜欢它们朝气蓬勃的子孙自在张扬。人们用无性繁殖的方法让绿化扩散，那些太一致太规整的树林，让人感觉不到树的天性，仿佛列队的锡兵。只有峡谷中的树，才是精神抖擞风流倜傥的，毫不害羞地让鸟做媒人，让风做媒人，让过往的一切动物做媒人，一日一夜之间，把几千万的子嗣洒向天穹，任它们天各一方。

城市当中的树比山峰上的树，要多经几番挣扎磨难，还有突如其来的灾变。下雪之后，勤快的人们会把融雪剂堆积在树干深处。化学的物质和雪花掺杂在一起，清凉如水貌似温柔，其实是伪装过的咸盐的远亲。无声无息地渗透下去，春夏之交才显出谋杀的威风，盛年的树会被腌得一蹶不振。个别体质孱弱的树，花容憔悴之后便被索了命去。

城市当中的树比之平原之中的树，多和棍棒金属之类打交道。平原的树，也是要见刀兵的，那只限被请去做梁做檩的时候，虽死犹荣。城市当中的树，却是要年年岁岁屡遭劫难。手脚被剁掉，冠发被一指剃去，腰肢被捆绑，百骸上勒满了一种叫作"瀑布灯"的电线，到了夜晚的时候，原本朴素的树就变成了圣诞树一样的童话世界，有了虚无缥缈的仙气。

当然了，说了这许多城市树的委屈，它们也是有得天独厚的享受。当乡下的树把根系拼命往地底下扎，在大旱之年汲取水分的时候，城市里的树却能喝到洒水车喷下的甘霖。可惜当暴风雨突袭，最先倒伏的正是那些城里的大树，它们头重脚轻软了根基。

城市的树还有一个好处，就是常常被许多人抚摸。只是我至今也闹不明白，倘若站在一棵树的立场上，被人抚摸是好事还是坏事？窃以为凶多吉少。树是一条鲜活生命，喜欢自由自在我行我素。它不是一朵云或是一条狗，也不是恋人的手或是一沓钞票。君不见若干得了"50肩"的半老不老之人，为了自己的胳膊康复，就揪住了树的胳膊荡悠千。他们兴高采烈地运动着，听不到树的叹息。

城市的树还像城市里的儿童一样，常常被灌进各式各样的打虫药。我始终搞不懂这究竟是树的幸福还是树的苦难？看到树上的虫子在药水的毒杀下，如冰雹一般落下，铺满一地，过往的行人都要撑起遮阳伞才敢匆匆走过。为树庆幸的同时，又很没有良心地思忖：树若在山中沐浴临风摇头晃脑，还会生出这般饶密的虫群吗？

　　如此说来，做一棵城市里面的树，是需要勇气的。它们背井离乡到了祖先所不熟悉的霓虹灯下，那地域和风俗的差池，怕是比一个民工所要遭受的惊骇还要大吧？它们把城市喧嚣的废气吞进叶脉，把芜杂的音响消弭在摇曳之中，它们用并不新鲜的绿色装点着我们的城市，它们夜深了还不能安眠，因为不肯熄灭的路灯还在照耀着城市。路灯在某种程度上成了打了折扣的太阳，哺育着附近的叶子。不信你看，每年深秋最后抖落残绿的树，必定是最靠近电线杆子的那一棵。

　　有的人像树，有的人不像树。像树的人，有人在乡下，有人在城市里。城市里的树，骨子里不再是树了，变成了人的一部分，最坚忍最朴素的一丛，无语地生活着。

 名师赏析

　　《做一棵城市树需要勇气》主要运用对比手法，把城市的树分别与乡村的树、旷野的树、峡谷的树、山峰上的树、平原的树做对比，从听觉、视觉、感觉和经历等

方面刻画出城市树饱经吵闹、肮脏、谨小慎微、多经磨难砍斫的特点，表现做一棵城市树的委屈和不易。至此，文章笔锋一转，写城市树也有"得天独厚的享受"：受到了及时的灌溉、被过多地关注抚摸、被打进各种各样的杀虫剂以及受到过多的光线照射等，从另一个方面揭示了城市树自然的生长节奏被严重干扰。结尾由树联想到人，含蓄地指出有人像树，树也像某些人，是"最坚忍最朴素的一丛，无语地生活着"，使人同情那些饱受城市环境折磨的生命。

每只小狗都有一个目标

有一对夫妇有两个孩子，一个叫莎拉，一个叫克里斯蒂。当孩子还小的时候，父母决定为他们养一只小狗。小狗抱回来以后，他们想请一位朋友帮忙训练这只小狗。他们搂着小狗来到朋友家，安然坐下，在第一次训练前，女驯狗师问："小狗的目标是什么？"夫妻俩面面相觑，很是意外，他们实在想不出狗还有什么另外的目标，嘟囔着说："一只小狗的目标？那当然就是当一只狗了。"女驯狗师极为严肃地摇了摇头说："每只小狗都得有一个目标。"

夫妇俩商量之后，为小狗确立了一个目标——白天和孩子们一道玩，夜里要能看家。后来，小狗被成功地训练成了孩子的好朋友和家中财产的守护神。

这对夫妇就是美国的前任副总统阿尔·戈尔和他的妻子迪帕。他们牢牢地记住了这句话——做一只狗要有目标。推而广之，做一个人也要有目标。

在现实生活中，却有太多太多的人，没有目标。其实寻找目标并不是一件太难的事，关键是你要知道天下有这样一件惟此惟大的事，然后尽早来做。正是你自己需要一个目标，而不是你的父母或是你的老师或是你的上级需要它。它的存在，和别人的关系都没有和你的关系那样密切。也就是说，它将是你最亲爱的伙伴，其血肉相连的程度，绝对超过了你和你的父母，你和你的妻子儿女，你和你的同伴和领导的关系。你可能丧失了所有的财产和所有的亲人，但只要你的目标还在，你就还有一个完整的系统存在，你就并不孤独和无望。

我们常常把别人的期待当成了自己的目标，在孩童的时候，这几乎是顺理成章的事情。但是，你会渐渐地长大，无论别人的期望是怎样的美好，它也不属于你。除非你有一天，你成功地在自己的心底移植了这个期望，这个期望生根发芽，长成了你的目标。那时，尽管所有的枝叶都和原本的母体一脉相承，但其实它已面目全非，它的灵魂完完全全只属于你，它被你的血脉所濡养。

我们常常把世俗的流转当成自己的目标。这一阵子崇尚钱，你就把挣钱当成了自己的目标。殊不知钱只是手段而非目标，有了钱之后，事情远远没有结束。把钱当成目标，就是把叶子当成了根。目标是终极的代名词，它悬挂在人生的瀚海之中，你向它航行，却永远不会抵达。你的快乐就在这跋涉的过程中流淌，而并非把目标攫为己有。从这个意义上说，钱不具备终极目标的资格。过一阵子流行美丽，你就把制造美丽保存美丽当成了目标。殊不知美丽的标准有所不同，美丽是可以变化的，目标却是相当恒定的。美丽之后你还要做什么？美丽会褪色，目标却永远鲜艳。

有人把快乐和幸福当成了终极目标，这也值得推敲。快乐并不只是单纯的，快乐感类乎饮食和繁殖的本能。科学家们通过研究，发现最长远最持久的快乐，来自你的自我价值的体现。而毫无疑问，自我价值是从属于你的目标感，一个连目标都没有的人，何谈价值呢！

　　一棵树的目标也许是雕成大厦的栋梁，也许是撑一把绿伞送人阴凉，也许是化作无数张白纸传递知识，也许是制成一次性筷子让人大快朵颐……还有数不清的可能性，我们不是树，我们不可能穷尽也不可能明白树的心思。我们是人，我们可以为自己确立一个目标，这是做人的本分之一。

名师赏析

　　《每只小狗都有一个目标》是一篇议论文。它由一个驯养小狗的故事类比，引出观点"做一只狗要有目标。推而广之，做一个人也要有目标"。接下来论述目标和人的紧密关系，并否定了三种人生目标：金钱、美丽，甚至快乐和幸福也非人的真正目标。作者引用科学家的研究结论证明：实现自我价值才能够获得最长远最持久的快乐，而要想实现自我价值，一个人就必须有目标。最后，作者再次运用类比，以树的不同层次的目标，来启发人们树立人生的目标，说明"确立一个目标，这是做人的本分之一"。全文摆事实、讲道理，立论和驳论相结合，论证了目标对于人生的重要性。

给人生加个意义

那是一所很有名望的大学。从我的演讲一开始就不断地有纸条递上来。纸条上提得最多的问题是——"人生有什么意义？请你务必说真话，因为我们已经听过太多言不由衷的假话了。"

我念完这个纸条以后台下响起了掌声。我说你们今天提出这个问题很好，我会讲真话。我在西藏阿里的雪山之上，面对着浩瀚的苍穹和壁立的冰川，如同一个茹毛饮血的原始人，反复地思索过这个问题。我相信，一个人在他年轻的时候，是会无数次地叩问自己——我的一生，到底要追索怎样的意义？

我想了无数个晚上和白天，终于得到了一个答案。今天，在这里，我将非常负责地对大家说，我思索的结果是人生是没有任何意义的！

这句话说完，全场出现了短暂的寂静，如同旷野。但是，紧接着就响起了暴风雨般的掌声。

那是我在演讲中获得的最热烈的掌声。在以前，我从来不相信有什么"暴风雨般的掌声"这种话，觉得那只是一个拙劣的比喻。但这一次，我相信了。我赶快用手做了一个"暂停"的手势，但掌声还是绵延了一段时间。

我说，大家先不要忙着给我鼓掌，我的话还没有说完。我说人生是没有意义的，这不错，但是我们每一个人要为自己确立一个意义！

是的，关于人生意义的讨论，充斥在我们的周围。很多说法，由于熟悉和重复，已让我们从熟视无睹滑到了厌烦。可是，这不是问题的真谛。真谛是，别人强加给你的意义，无论它多么正确，如果它不曾进入你的心理结构，它就永远是身外之物。比如我们从小就被家长灌输过人生意义的答案。在此后漫长的岁月里，谆谆告诫的老师和各种类型的教育，也都不断地向我们批发人生意义的补充版。但是有多少人把这种外在的框架，当成了自己内在的标杆，并为之下定了奋斗终身的决心？

那一天结束讲演之后，我听到有同学说，他觉得最大的收获是听到一个活生生的中年人亲口说，人生是没有意义的，你要为之确立一个意义。

其实，不单是中国的年轻人在目标这个问题上飘忽不定，就是在美国的著名学府哈佛大学，有很多人在青年时代也大都未确立自己的目标。我看到一则材料，说某年哈佛的毕业生临出校门的时候，校方对他们做了一个有关人生目标的调查，结果是27%的人完全没有目标，60%的人目标模糊，10%的人有近期目标，只有3%的人有着清晰长远的目标。

25年过去了，那3%的人不懈地朝着一个目标坚韧努力，成了社会的精英，而其余的人，成就要相差很多。

名师赏析

　　《给人生加个意义》是一篇议论说理散文。文章的写作特色在于"起承转合"，自然无痕，一气呵成，浑然一体，宛如一首绝句，篇幅短小而精美深刻。

　　起：文章由一次讲演写起，提出问题：人生有什么意义？

　　承：作者联系自己的亲身经历真诚回答："人生是没有任何意义的"。

　　转：在如雷的掌声中，作者做出"暂停"的手势，告诉大家"我们每一个人都要为自己确立一个意义！"在此基础上，作者摆事实讲道理论述"别人强加给自己的意义永远是身外之物，是一个外在的框架，无法让自己为之奋斗终身"的道理。

　　合：文章引用哈佛大学的一个调查结论：确定清晰长远目标的人最终成为社会精英，其他无目标之人成就则相差很多，有力地论证了"给人生加个意义"的重要性和必要性。

第二辑　幸福之悟

提醒幸福

　　我们从小就习惯了在提醒中过日子。天气刚有一丝风吹草动，妈妈就说，别忘了多穿衣服。才相识了一个朋友，爸爸就说，小心他是个骗子。你取得了一点成功，还没容得乐出声来，所有关切着你的人一起说，别骄傲！你沉浸在欢快中的时候，自己不停地对自己说：千万不可太高兴，苦难也许马上就要降临……

　　我们已经习惯于提醒，提醒的后缀词总是灾祸。灾祸似乎成了提醒的专利，把提醒染得充满了淡淡的贬义。

　　我们已经习惯了在提醒中过日子，看得见的恐惧和看不见的恐惧始终像乌鸦盘旋在头顶。

　　在皓月当空的良宵，提醒会走出来对你说：注意风暴。于是我们忽略了皎洁的月光，急急忙忙做好风暴来临的一切准备。当我们大睁着眼睛枕戈待旦之时，风暴却像迟归的羊群，不知在哪里徘徊。当我们实在忍受不了等待灾难的煎熬时，我们甚至会恶意地祈盼风暴早些到来。

　　在许多夜晚，风暴始终没有降临。我们辜负了冰冷如银的月光。

　　风暴终于姗姗地来了。我们怅然发现，所做的准备多半是没有用的。事先能够抵御的风险毕竟有限，世上无法预计的灾难却是无限的。战胜灾难靠得更多的是临门一脚，先前的惴惴不安帮不上忙。

当风暴的尾巴终于远去，我们守住凌乱的家园。气还没有喘匀，新的提醒又智慧地响起来，我们又开始对未来充满恐惧的期待。

人生总是有灾难。其实大多数人早已练就了对灾难的从容，我们只是还没有学会灾难间隙的快活。我们太多注重了自己警觉苦难，我们太忽视提醒幸福。

请从此注意幸福！

幸福也需要提醒吗？

提醒注意跌倒……提醒注意路滑……提醒受骗上当……提醒宠辱不惊……先哲们提醒了我们一万零一次，却不提醒我们幸福。

也许他们认为幸福不提醒也跑不了的。也许他们以为好的东西你自会珍惜，犯不上谆谆告诫。也许他们太崇尚血与火，觉得幸福无足挂齿。他们总是站在危崖上，指点我们逃离未来的苦难。

但避去苦难之后的时间是什么？

那就是幸福啊！

享受幸福是需要学习的，当幸福即将来临的时刻需要提醒。人可以自然而然地学会感官的享乐，人却无法天生地掌握幸福的韵律。灵魂的快意同器官的舒适像一对孪生兄弟，时而相傍相依，时而南辕北辙。

幸福是一种心灵的震颤，它像会倾听音乐的耳朵一样，需要不断训练。

简言之，幸福就是没有痛苦的时刻。它出现的频率并不像我们想象的那样少。人们常常只是在幸福的金马车已经驶过去很远后，拣起地上的金鬃毛说，原来我见过她。

人们喜爱回味幸福的标本，却忽略幸福披着露水散发清香的时刻。那时候我们往往步履匆匆，瞻前顾后不知在忙着什么。

世上有预报台风的，有预报蝗虫的，有预报瘟疫的，有预报地震的。没有人预报幸福。

其实幸福和世界万物一样，有它的征兆。

幸福常常是朦胧地、很有节制地向我们喷洒甘霖。你不要总希冀轰轰烈烈的幸福，它多半只是悄悄地扑面而来。你也不要企图把水龙头拧得更大，使幸福很快地流失。而需静静地以平和之心，体验幸福的真谛。

幸福绝大多数是朴素的。它不会像信号弹似的，在很高的天际闪烁红色的光芒。它披着本色的外衣，亲切温暖地包裹起我们。

幸福不喜欢喧嚣浮华，常常在暗淡中降临。贫困中相濡以沫的一块糕饼，患难中心心相印的一个眼神，父亲一次粗糙的抚摸，女友一个温馨的字条……这都是千金难买的幸福啊。像一粒粒缀在旧绸子上的红宝石，在凄凉中愈发熠熠夺目。

幸福有时会同我们开一个玩笑，乔装打扮而来。机遇、友情、成功、团圆……它们都酷似幸福，但它们并不等同于幸福。幸福会借了它们的衣裙，袅袅婷婷而来，走得近了，揭去帷幔，才发觉它有钢铁般的内核。幸福有时会很短暂，不像苦难似的笼罩天空。如果把人生的苦难和幸福分置天平两端，苦难体积庞大，幸福可能只是一块小小的矿石。但指针一定要向幸福这一侧倾斜，因为它有生命的黄金。

幸福有梯形的切面，它可以扩大也可以缩小，就看你是否珍惜。

我们要提高对于幸福的警惕，当它到来的时刻，激情地享受每一分钟。据科学家研究，有意注意的结果比无意要好得多。

当春天的时候，我们要对自己说，这是春天啦！心里就会泛起茸茸的绿意。

幸福的时候，我们要对自己说，请记住这一刻！幸福就会长久地伴随我们。

那我们岂不是拥有了更多的幸福！

所以，丰收的季节，先不要去想可能的灾年，我们还有漫长的冬季来得及考虑这件事。我们要和朋友们跳舞唱歌，渲染喜悦。既然种子已经回报了汗水，我们就有权沉浸在幸福中。不要管以后的风霜雨雪，让我们先把麦子磨成面粉，烘一个香喷喷的面包。

所以，当我们从天涯海角相聚在一起的时候，请不要踌躇片刻后的别离。在今后漫长的岁月里，有无数孤寂的夜晚可以独自品尝愁绪。现在的每一分钟，都让它像纯净的酒精，燃烧成幸福的淡蓝色火焰，不留一丝渣滓。让我们一起举杯，说：我们幸福。

所以，当我们守候在年迈的父母膝下时，哪怕他们鬓发苍苍，哪怕他们垂垂老矣，你都要有勇气对自己说：我很幸福。因为天地无常，总有一天你会失去他们，会无限追悔此刻的时光。

幸福并不与财富地位声望婚姻同步，它只是你心灵的感觉。

所以，当我们一无所有的时候，我们也能够说，我很幸

人们喜爱回味幸福的标本，却忽略幸福披着露水散发清香的时刻。

福。因为我们还有健康的身体。当我们不再享有健康的时候，那些最勇敢的人可以依然微笑着说：我很幸福。因为我还有一颗健康的心。甚至当我们连心都不再存在的时候，那些人类最优秀的分子仍旧可以对宇宙大声说：我很幸福。因为我曾经生活过。

常常提醒自己注意幸福，就像在寒冷的日子里经常看看太阳，心就不知不觉暖洋洋亮光光。

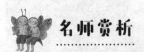 **名师赏析**

本文是一篇带有驳论性质的议论性散文。文章先摆出反面现象：写自己常常被提醒恐惧；接着分析论证，比喻论证和举例论证相融合，以提醒风暴的事例来证明事前的惴惴不安没有作用，战胜灾难靠得更多的是临门一脚的勇敢和智慧。然后分析人们忽视幸福的心理原因，顺理成章提出"幸福是需要学习和训练"的观点。继而说明如何训练幸福：先从反面说明幸福常常是朦胧、朴素、暗淡、乔装打扮而来，易被人忽视，提醒人们加以审视和珍惜，增强对幸福的有意注意；再从正面描绘三种值得珍惜的幸福场面：丰收、相聚、孝亲，指出幸福不等于财富地位声望婚姻，而是心灵的感觉，结尾得出结论：无论人生处何境地，都有提醒自己幸福的理由。

全文思路清晰，说理形象，论证严密，结论水到渠成，具有说服力和感染力。

今世的五百次回眸

　　佛说，前世的 500 次回眸，才换来今生的擦肩而过。顿生气馁，这辈子是没得指望了，和谁路遇和谁接踵，和谁相亲和谁反目，都是命定，挣扎不出。特别想到我今世从医，和无数病患咫尺对视。若干垂危之人，我手经治，每日查房问询，执腕把脉，相互间凝望的频率更是不可胜数，如有来世，将必定与他们相逢，赖不脱躲不掉的。于是这一部分只有作罢，认了就是。但尚余一部分，却留了可以掌握的机缘。一些愿望，如果今生屡屡瞩目，就埋了一个下辈子擦肩而过的伏笔，待到日后便可再接再厉的追索和厮守。

　　今世，我将用余生 500 次眺望高山。我始终认为高山是地球上最无遮掩的奇迹。一个浑圆的球，有不屈的坚硬的骨骼隆起，离太阳更近，离平原更远，它是这颗星球最勇敢最孤独的犄角。它经历了最残酷的折叠，也赢得了最高耸的荣誉。它有诞生也有消亡，它将被飓风抚平，它将被酸雨冲刷，它将把溃败的肌体化作肥沃的土地，它将在柔和的平坦中温习伟大。我不喜欢任何关于征服高山的言论，以为那是人的菲薄和短视。真正的高山不可能被征服，它只是在某一个瞬间，宽容地接纳了登山者，让你在他头顶歇息片刻，给你一窥真颜的恩赐。如同一只鸟在树梢啼叫，它敢说自己把大树征服了吗？山的存在，让我们永葆谦逊和恭敬的姿态，知道在这个世界上，有一些事物必须仰视。

今生，我将用余生1000次不倦地凝望绿色。我少年戍边，有10年的时间面对的是皑皑冰雪，看到绿色的时间已经比他人少了许多。若是因为这份不属于我选择的怠慢，罚我下辈子少见绿岛，岂不冤枉死了？记得在千百个与绿色隔绝的日子之后，我下了喀喇昆仑山，在新疆叶城突然看到辽阔的幽深绿色之后，第一反应竟是悚然，震惊中紧闭了双眼，如同看到密集的闪电。眼神荒疏了忘却了这人间最滋润的色彩，以为是虚妄的梦境。就在那一瞬，我皈依了绿色。这是最美丽的归宿，有了它，生命才得以繁衍和兴旺。常常听到说地球上的绿地到了××年就全部沙化了，那是多么恐怖的期限。为了人类的长盛不衰，我以目光持久地祷告。

今生，我将10000次目不转睛地注视人群。如果有来生，我期望还将成为他们之中的一员，而不是其他的什么动物或是植物。尽管我知道人类有那么多可怕的弱点和缺陷，我还是为这个物种的智慧和勇敢而赞叹。我做过一次人类了，我知了怎样才能更好地做人。做人是一门长久的功课，当我们刚刚学会了最初的运算，教科书就被合上。卷子才答了一半，抢卷的铃声就响了，岂不遗憾？

把自己喜欢的事一一想来，我还要看海看花，看健美的运动员看睿智的科学家，看慈祥的老人和欢快的少女当然还有无邪的小童，突然就笑了。想我这余生，也不用干其他的事了，每天就在窗前屋后呆呆地看山看树看人群吧，以求个来世的擦肩而过。这样一路地看下去，来世的愿望不知能否得逞，今生的时光可就白白荒废了。于是决定，从此不再东张西望，只心定如水，把握当前。

　　不为虚缈的擦肩而过，而把余生定格在回眸之中。喜欢山所表达的精神，就游历和瞻仰山的英拔和广博，期望自己也变得如许坚强。喜欢绿色和生命，喜爱人的丰饶和宝贵，就爱惜资源，尊重自己也尊重他人。

 **名师赏析**

　　文章由一句佛语说起，引出对自身现实生活的审视和利用余生为来世埋伏笔的念头。为此，作者叙述余生有三件要反复做的事情：一是仰望高山，感悟伟大；二是注视绿色，感受生机；三是融入人群，学习做人，暗示要活出生命的高度、生机和智慧，同时充满对崇高事物的敬重，对美好事物的珍惜，对人群的亲近以及生而为人的自豪。之后笔锋突转，以聊家常的口吻自嘲仅凭"呆呆地看"预构来生的做法很可笑，理性地提出人生应当"把握当前，积极行动，保持热爱和尊重"的观点，从而否定了开头虚缈可笑的说法。

额头与额头相贴

如今，家家都有体温表。苗条的玻璃小棒，头顶银亮的铠甲，肚子里藏一根闪烁的黑线，只在特定的角度瞬忽一闪。捻动它的时候，仿佛是打开裹着幽灵的咒纸，病了或是没病，高烧还是低烧，就在焦灼的眼神中现出答案。

小时家中有一枚精致的体温表，银头好似一粒扁杏仁。它装在一支粗糙的黑色钢笔套里。我看过一部反特小说，说情报就是藏在没有尖的钢笔里，那个套就更有几分神秘。

妈妈把体温表收藏在我家最小的抽屉——缝纫机的抽屉里。妈妈平日上班极忙，很少有工夫动针线，那里就是家中最稳妥的所在。

大约七八岁的我，对天地万物都好奇得恨不能吞到嘴里尝一尝。我跳皮筋回来，经过镜子，偶然看到我的脸红得像在炉膛里烧好可以夹到冷炉子里去引火的炭煤。我想我一定发烧了，我觉得自己的脸可以把一盆冷水烧开。我决定给自己测量一下体温。

我拧开黑色笔套，体温表像定时炸弹一样安静。我很利索地把它夹在腋下，冰冷如蛇的凉意，从腋下直抵肋骨。我耐心地等待了五分钟，这是妈妈惯常守候的时间。

终于到了。我小心翼翼地拿出来，像妈妈一样眯起双眼把它对着太阳晃动。

我什么也没看到，体温表如同一条清澈的小溪，鱼呀虾呀一概没有。

我百般不解，难道我已成了冷血动物，体温表根本不屑于告诉我了吗？

对啦！妈妈每次给我夹表前，都要把表狠狠甩几下，仿佛上面沾满了水珠。一定是我忘了这一关键操作，体温表才表示缄默。

我拈起体温表，全力甩去。我听到背后发生犹如檐下冰凌折断般的清脆响声。回头一看，体温表的扁杏仁裂成无数亮白珠子，在地面轻盈地溅动……

罪魁是缝纫机板锐利的折角。

怎么办呀？

妈妈非常珍爱这支体温表，不是因为贵重，而是因为稀少。那时候，水银似乎是军用品，极少用于寻常百姓，体温表就成为一种奢侈。楼上楼下的邻居都来借用这支体温表，每个人拿走它时都说：请放心，绝不会打碎。

现在，它碎了，碎尸万段。我知道任何修复它的可能都是痴心妄想。

我望着窗棂发呆，看着它们由灼亮的柏油样棕色转为暗淡的树根样棕黑。

我祈祷自己发烧，高高地烧。我知道妈妈对得病的孩子格外怜爱，我宁愿用自身的痛苦赎回罪孽。

妈妈回来了。

我默不作声。我把那只空钢笔套摆在最显眼的地方，希望妈妈主动发现它。我坚持认为被别人察觉错误比自报家门要少些恐怖，表示我愿意接受任何惩罚而不是凭自首减轻责任。

妈妈忙着做饭。我的心越发沉重，仿佛装满水银（我已经知道水银很沉重，丢失了水银头的体温表轻飘得像支秃笔）。

实在等待不下去了，我飞快地走到妈妈跟前，大声说：我把体温表给打碎了！

每当我遇到害怕的事情，我就迎头跑过去，好像迫不及待的样子。

妈妈狠狠地把我打了一顿。

那支体温表消失了，它在我的感情里留下一个黑洞。潜意识里我恨我的母亲——她对我太不宽容！谁还不失手打碎过东西？我亲眼看见她打碎一个很美丽的碗，随手把两片碗碴一擦，丢到垃圾堆里完事。

大人和小孩，是如此的不平等啊！

不久，我病了。我像被人塞到老太太裹着白棉被的冰棍箱里，从骨头缝里往外散发寒气。妈妈，我冷。我说。

你可能发烧了。妈妈说，伸手去拉缝纫机的小抽屉，但手臂随即僵在半空。

妈妈用手抚摸我的头。她的手很凉，指甲周旁有几根小毛刺，把我的额头刮得很痛。

我刚回来，手太凉，不知你究竟烧得怎样，要不要赶快去医院……妈妈拼命搓着手指。

妈妈俯下身，用她的唇来吻我的额头，以试探我的温度。

母亲是严厉的人。在我有记忆以来，从未吻过我们。这一次，因为我的过失，她吻了我。那一刻，我心中充满感动。

妈妈的口唇有一种菊花的味道，那时她患很重的贫血，一直在吃中药。她的唇很干热，像外壳坚硬内瓤却很柔软的果子。

可是妈妈还是无法断定我的热度。她扶住我的头，轻轻地把她的额头与我的额头相贴。她的每一只眼睛看定我的每一只眼睛，因为距离太近，我看不到她的脸庞全部，只感到一片灼热的苍白。她的额头像碾子似的滚过，用每一寸肌肤感受我的温度，自言自语地说，这么烫，可别抽风……

我终于知道了我的错误的严重性。

后来，弟弟妹妹也有过类似的情形。我默然不语，妈妈也不再提起。但体温表树一样栽在我心中。

终于，我看到了许多许多根体温表。那一瞬，我脸上肯定灌满贪婪。

我当了卫生兵，每天需给病人查体温。体温表插在盛满消毒液的盘子里，好像一位老人生日蛋糕上的银蜡烛。

多想拿走一支还给妈妈呀！可医院的体温表虽多，管理也很严格。纵是打碎了，原价赔偿，也得将那破损的尸骸附上，方予补发。我每天对着成堆的体温表处心积虑摩拳擦掌，就是无法搞到一支。

后来，我做了化验员，离体温表更遥远了。一天，部队军马所来求援，说军马们得了莫名其妙的怪症，他们的化验员恰好不在，希望人医们伸出友谊之手。老化验员对我说，你去吧！都是高原上的性命，不容易。人兽同理。

一匹砂红色的军马立在四根木桩内，马耳像竹笋般立着，双眼皮的大眼睛贮满泪水，好像随时会跌跪。我以为要从毛茸茸的马耳朵上抽血，战战兢兢不敢上前。

兽医们从马的静脉里抽出暗紫色的血。我认真检验，周到地写出报告。

我至今不知道那些马们得的是什么病，只知道我的化验结果起了至关重要的作用。

兽医们很感激，说要送我两筒水果罐头作为酬劳。在维生素匮乏的高原，这不啻一粒金瓜籽。我再三推辞，他们再四坚持。想起人兽同理，我说，那就送我一支体温表吧！

他们慨然允诺。

春草绿的塑料外壳，粗大若小手电。玻璃棒如同一根透明铅笔，所有的刻码都是洋红色的，极为清晰。

准吗？我问。毕竟这是兽用品。

很准。他们肯定地告诉我。

我珍爱地用手绢包起。本来想钉个小木匣，立时寄给妈妈。又恐关山重重雪路迢迢，在路上震断，毁了我的苦心。于是耐着性子等到了一个士兵的第一次休假。

妈妈，你看！我高擎着那支体温表，好像它是透明的火炬。

那一刻，我还了一个愿。它像一只苍鹰，在我心中盘桓了十几年。

妈妈仔细端详着体温表说，这上面的最高刻度可测到摄氏四十六度，要是人，恐怕早就不行了。

我说，只要准就行了呗！

妈妈说，有了它总比没有好。只是现在不很需要了，因为你们都已长大。

　　体温表这个寻常之物，在作者的成长经历中，却是一种爱的见证。这个经历被作者写得一波三折，生动感人。其心路历程的叙述自然感人：从家藏体温表的珍贵，到我失手打碎体温表被母亲责打，再到我生病因没有体温表而与母亲额头相贴的亲密，我因体会到母爱而产生了愧疚，长大后决意要还给母亲一个体温表，但是我们已经长大，母亲也不需要体温表了。

　　其展现过程的语言形象动人："脸红得像在炉膛里烧好可以夹到冷炉子里去引火的炭煤"，因而必须用体温表；体温表的破碎"犹如檐下冰凌折断般的清脆响声"，表现祸事已定；"她的额头像碾子似的滚过，用每一寸肌肤感受我的温度"，因温暖而愧疚；"体温表树一样栽在我心中"，因而千方百计要还母亲一个体温表。体温表最终不被需要，而爱早已留存、滋长。

幸福的七种颜色

幸福应该有多少种颜色呢？

"说不清。"我回答。

大家听了可能有点迷糊，说："你自己既然不知道，为什么又曾说过幸福有七种颜色呢？"

在文化中，"七"这个数字有一点古怪。

欧洲人自古以来就格外钟情于"七"这个数字。最早的源头该是古希腊人，许多巧合都和"七"有关。希腊人认为自然界是由水、火、风、土四种元素组成的，而社会的基本细胞是家庭。把完整的家庭细分，是由父亲、母亲和孩子三方组成。再做一次加法，把自然和社会组成的世界统计一下，就有七种基本元素。古希腊人酷爱加法，认为世界的基本图形是正方形、三角形以及完美的圆形，毕达哥拉斯学派就是这一主张的坚定拥趸。你劳神把这些图形的角的数量加起来，哈！也是七。由于太多的东西与神秘的数字七有关，他们造七座坛、献七份祭、行七次叩拜之礼，什么都爱凑个七字。"七大主教""七大美德"，连罪也要数到"七宗罪"。当然，最著名的是神也喜欢七，于是一个星期是七天，第七天你可以休息。

七在佛教里面也是吉祥之数，有七宝、七层浮屠等。中华文化对七也颇有好感，《说文》里面说："七，阳之正。"这个七啊，常为泛指，表明多的意思，又神秘又空灵。

托尔斯泰老人家说，幸福的家庭都是相似的，惟有不幸的家庭，各有各的不幸。我当过多年的心理医生，觉得不幸的家庭都是相似的，惟有幸福的家庭却是各有各的不同。

你可能要说，这不是成心和托尔斯泰抬杠嘛！我还没有落到那种无事生非的地步。你想啊，只有香甜的味道，才可反复品尝，才能添加更多的美味在其中，让味蕾快乐起舞。比如椰蓉，比如可可，比如奶油……丰富的层次会让你觉得生活美好万象更新。如果那底味已是巨咸、巨苦、巨涩，任你再搁进多少冰糖多少香料都顷刻消解，那难耐难忍的味道依然所向披靡，让你除了干呕，再无良策。

早年间我在西藏阿里当兵，冬天大雪封山，零下几十度的严寒，断绝了和外界的一切联系，我们每日除了工作就是望着雪山冰川发呆。有一天，闲坐的女孩子们突然争论起来，求证一片黄连素的苦可以平衡多少葡萄糖的甜（由此可见，我们已多么百无聊赖）。一派说，大约 500 毫升 5% 的葡萄糖就可以中和苦味了。另外一派说，估计不灵。500 毫升葡萄糖是可以的，只是浓度要提高，起码提到 10%，甚至 25%……争执不下，最后决定实地测查。那时候，我们是卫生员，葡萄糖和黄连素乃手到擒来之物，说试就试。方案很简单，把一片黄连素用药钵细细磨碎了，先泡在浓度为 5% 的葡萄糖水里，大家分别来尝尝，若是不苦了，就算找到答案了。要是还苦，就继续向溶液里添加高浓度的葡萄糖，直到不苦了为止，然后计算比例。临到实验开始，我突然有些许不安。虽然小女兵们利用工作之便，搞到这两种药品都不费吹灰之力，但藏北到内地山路迢迢，关山重重，物品运送到阿里不容易啊，不应这样为了自己的好奇暴殄天物。黄连碎末混入到葡萄糖液里，整整一瓶原本可以输入血管救死扶伤的营养液就报废了。至于黄连素，虽不是特别宝贵的东西，能省也省着点吧。我说："咱缩减一下量，黄连素只用四分之一片，葡萄糖液也只用四分之一瓶，行不行呢？"

我是班长，大家挺尊重我的意见的，说："好啊。"有人想起前两天有一瓶葡萄糖，里面漂了个小黑点，不知道是什么杂物，不敢输入病人身体里面，现在用来做苦甜之战的试验品，也算废物利用了。

试验开始。四分之一片没有包裹糖衣的黄连素被碾成粉末（记得操作这一步骤的时候，搅动得四周空气都是苦的），兑到125毫升浓度为5%的葡萄糖水中。那个最先提出以这个浓度就可消解黄连之苦的女孩率先用舌头舔了舔已经变成黄色的液体。她是这一比例的倡导者，大家怕她就算觉得微苦，也要装出不苦的样子，损害试验的公正性，将信将疑地盯着她的脸色。没想到她大口吐着唾沫，连连叫着："苦死了，你们千万不要来试，赶紧往里面兑糖……"我们为自己"以小人之心度君子之腹"感到羞惭，拿起高浓度的糖就往黄水里倒，然后又推举一个人来尝。这回试验者不停地咳嗽，咧着嘴巴吐着舌头说："太苦了，啥都别说了，兑糖吧……"那一天，循环往复的场景就是女孩子们不断地往小半瓶微黄的液体里兑着葡萄糖，然后伸出舌尖来舔，顷刻抽搐着脸，大叫："苦啊苦啊……"

直到糖水已经浓到了几乎要拉出黏丝，那液体还是只需一滴就会苦得让人打战。试验到此被迫告停，好奇的女兵们到底也没有求证出多少葡萄糖能够中和黄连的苦味。大家意犹未尽，又试着把整片的黄连泡进剩下的半瓶里去，趁着黄连还没有融化，一口吞下，看看结果如何。这一次很快得到证明，没有融化的黄连之苦，还是可以忍受的。

把这个试验一步步说出来，真是无聊至极。不过，它也让我体会到，即使你一生中一定会邂逅黄连，比如生活强有力地非要赐予你极困窘的境遇，比如你遭逢危及生命的重患必得要用黄连解救，比如……你都可以毫无惧色地吞咽黄连。毕竟，黄连是一味良药啊！只是，千万不要人为地将黄连碾碎，再细细品尝，敝帚自珍地长久回味。太多的人习惯珍藏苦难，甚至以此自傲和自虐，这种对苦难的持久迷恋和品尝，会毒化你的感官，会损伤你对美好生活的精细体察，还会让你歧视没有经受过苦难的人。这些就是苦难的副作用。苦的力量比甜的力量要强大得多，不要把黄连碾碎，不要让它嵌入我们的生活。

只要你认真寻找，幸福比比皆是。幸福不是一种颜色，也不是七种颜色，甚至也不是一百种颜色……幸福比所有这些相加还要多，幸福是无限的。

名师赏析

"七"在文化中备受青睐，是多而神秘、空灵的意思，因而幸福不止七种颜色，而是丰富多彩的。

但是生活中常常有人喜欢品味苦难、珍藏苦难，以苦难为傲。作者以在当兵时用黄连素做的试验切入话题，四分之一片的黄连素，搁进再多冰糖也还是苦的，"苦的力量比甜的力量要强大得多"。因此，劝慰大家：多去寻找幸福，幸福是无限的，幸福"丰富的层次会让你觉得生活美好万象更新"。这个非常值得品味的忠告，因为"七"的文化阐释而富有意蕴，因为作者亲自参与的实验而触动人心。所以对于幸福，要多多寻、慢慢品呀！

感动是一种能力

感动在词典上的意思是——"思想感情受外界事物的影响而激动，引得同情或向慕。"虽然我对这本词典抱有崇高的敬意，依然认为这种说法不够精准，甚至有点词不达意。难道感动是如此狭窄，只能将我们引向同情或是向慕的小道吗？这对"感动"来说，似乎不全面、不公平吧？感动比这要丰饶得多，辽阔得多，深邃得多啊。

感动最望文生义最平直的解释就是——感情动起来了。你的眼睛会蒸腾出温热的霞光，你的听觉会察觉远古的微响，你的内心像有一只毛茸茸的小松鼠越过，它纤细而奔跑的影子惊扰你思维的树叶久久还在曳动。你的手会不由自主地出汗，好像无意中拣到了天堂的房卡，你的足弓会轻轻地弹起，似乎想如赤脚的祖先一般迅跑在高原……

感动的来源是我们的感官，眼耳鼻舌身加上触觉和压觉。如果封闭了我们的感官，就戕杀了感动的根，当然也就看不到感动的芽和感动的果了。感官是一群懒惰的小精灵，同样的事物经历得多了，感官就麻痹松懈了。现代社会五光十色瞬息万变，感官更像被塞进太多脂肪的孩子，变得厌食和疲沓。如今人渐渐丧失了感动的能力，感动闪现的瞬间越来越短，感动扩散的涟漪越来越淡。因为稀缺，感动变成了奢侈品。很多人无法享受感动力，于是他们反过来讥讽感动，诮笑感动，把感动和理性对立起来，将感动打入盲目和幼稚的泥沼之中。

感动是一种幸福。在物欲横流的尘垢中，顽强闪现着钻石的瑰彩。当我们为古树下的一株小草决不自惭形秽，而是昂首挺胸成长而感动的时刻，其实我们想到的是人的尊严。我上小学的时候，在一次考试中，得到了有生以来最差的分数。万念俱灰之时，我看到一只蜘蛛锲而不舍地在织补它残破的网。它已经失败了三次，一次是因为风，一次是因为比它的网要凶猛百倍的鸟，第三次是因为我恶作剧的手。蜘蛛把它的破坏者感动了，风改了道，鸟儿不再飞过，我把百无聊赖的手握成了拳。我知道自己可以如同它那样，用努力和坚韧弥补天灾人祸，重新纺出梦想。我也曾在藏北雪原仰望浩渺星空而泪流满面，一种博大的感动类似天毯，自九天而下裹挟全身。银河如此浩瀚，在我浅淡生命之前无数年代，它们就已存在，在我生命之后无数年代，它们也依然存在。那么，我的存在又有什么意义呢？在这个惶然的瞬间，我被存在而感动，决心要对得起这稍纵即逝的生命。

我喜欢常常感动的女人，不论那感动我们的起因，是一瓣花还是一滴水，是一个旋动的笑颜还是一缕苍老的白发，是一本举足轻重的证书还是片言只语的旧笺……引发感动的导火索，也许举不胜举，可以有形，也可以是无所不在的氛围和若隐若现的天籁。感动可以骑着任何颜色的羽毛，在清晨或是深夜，不打招呼地就进入了心灵的客厅，在那里和我们的灵魂倾谈。

珍惜我们的感动，就是珍惜了生命的零件。在感动中我们耳濡目染，不由自主地逼近那些曾经感动过我们的灵魂。也许有一天，我们也在无意间成了感动的小小源头，淙淙地流向了另一个渴望感动的双眸。

名师赏析

议论性散文的结构思路往往很清晰，如本文，无非就是从词典中"感动"的含义，说到作者所认为的解释，然后分析感动的来源，强调感动是一种能力，也是一种幸福，所以要珍惜感动。但是，议论性散文最值得品读的是，其对寻常事物的细腻体察，那么深入又那么具体，饱含着作者对生命或人性的感悟。如本文，为什么说感动是一种能力呢？因为我们的眼耳鼻舌身就是感动的触发器官，被社会五光十色的讯息遮蔽的人无法获得感动；因为只有保持人的尊严、追求生命意义的人，才能体会到感动的幸福。珍惜感动，就是在珍惜生命本身，就是要在生活中保持与灵魂倾谈。而这种灵魂式倾谈，何尝不是写出议论性散文的秘诀？

淑女书女

假若刨去经济的因素，比如想读书但无钱读书的女子，天下的女人，可分成读书和不读书两大流派。

我说的读书，并不单单指曾经上过小学中学大学硕士博士，读过一本本的教材。严格地讲起来，教材不是书。好像司机的学驾驶和行车、厨师的红白案和刀功一样，是谋生的预备阶段，含有被迫操练的意味。

我说的读书，基本上也不包括报纸和杂志，虽然它们上头都印有字，按照国人"敬惜字纸"的传统，混进了书的大范畴，那些印刷品上，多是一些速朽的信息，有着时尚和流行的诀窍。居家过日子的实用性是有的，但和书的真谛，还有些差异。

好书是沉淀岁月冲刷的砂金，很重，不耀眼，却有保存的价值。它是地球上曾经生活过的那些智慧的大脑，在永远逝去之前自立下的思维照片。最精华的念头，被文字浓缩了，好像一锅灼热久远的煲汤，濡养着后人的神经。

书对于女人的效力，不像睡眠。睡眠好的女人，容光焕发。失眠的女人，眼圈乌青。读书的女人和不读书的女人，在一天之内是看不出来的。

书对于女人的效力，也不像美容食品。滋润得好的女人，驻颜有术。失养的女人，憔悴不堪。读书的女人和不读书的女人，在三个月之内，也是看不出来的。

日子是一天天地走，书要一页页地读。清风朗月水滴石穿，一年几年一辈子地读下去。书就像微波，从内向外震荡着我们的心，徐徐地加热，精神分子的结构就改变了，成熟了，书的效力凸显出来。

读书的女人，更善于倾听，因为书训练了她们的耳朵，教会了她们谦逊。知道这世上多聪慧明达的贤人，吸收就是成长。

读书的女人，更乐于思考。因为书开阔了她们的眼界，拓展了原本纤细的胸怀。明白世态如币，有正面也有反面。一厢情愿只是幻想。

读书的女人，更勇于决断。因为书铺排了历史的进程，荟萃了英雄的业绩。懂得万事有得必有失，不再优柔寡断贻误战机。

读书的女人，更充满自信。因为书让她们明辨自己的长短，既不自大，也不自卑。既然伟人们也曾失意彷徨，我们尽可以跌倒了再爬起来，抖落尘灰向前。

读书的女人，较少持续地沉沦悲苦，因为晓得天外有天乾坤很大。读书的女人，较少无望地孤独惆怅，因为书是她们招之即来永远不倦的朋友。读书的女人，较少怨天尤人孤芳自赏，因为书让你牢记个体只是恒河沙粒沧海一粟。读书的女人，较少刻毒与卑劣，因为书中的光明，日积月累浸染着节操鞭挞着皮袍下的"小"……

"淑"字，温和善良美好之意。好书对于女人，是家乡的一方绿色水土。离了它，你自然也能活。但与书隔绝的日子，心无家园，半生过下来，女人就变得言语空虚眼神恍惚心地狭窄见识短浅了。

淑女必书女。

名师赏析

谈论读书的文章很多，本文却从"淑女""书女"两者的谐音来谈读书的好处。

作者先从读书的内容说起，读教材、报纸不算读书，只有读那些经过历史沉淀的好书，才能与曾经的智慧大脑连接。再谈书对女人的效用，作者先将书与睡眠、美容的效力对比，说其不如两者之处，然后才说读书对女人的"四多四少"之效用：更善倾听，更乐思考，更勇于决断，更充满自信；少沉沦悲苦，少孤独惆怅，少怨天尤人，少刻毒卑劣……于是，书女就有了淑女的内涵，"书女必淑女"。真是让人耳目一新，受益匪浅。

阅读是一种孤独

阅读的感觉难以比拟。

它有些像吃。对于头脑来说，渴望阅读的时刻必定虚怀若谷。假如脑袋装得满满当当，不断溢出香槟酒一样的泡沫，不论这泡沫是泛着金黄的铜彩还是热恋的粉红，都不宜于阅读，尤其是阅读名著。

头脑需嗷嗷待哺，像荒原上觅食的狼。人愈是年轻的时候，愈是贪吃。随着年龄的增长，我们吃得渐渐地少了，但要求渐渐地精了。我们知道了什么于我们有益，什么于我们无补。我们不必像小的时候，总要把整碗面都吃光，才知道碗底下并没有卧着个鸡蛋。我们以为是碗欺骗了我们，其实是缺少经验。有许多长寿的人，你问他常吃什么食品，他们回答说：什么都吃，并无特殊的禁忌。但有许多东西他们只尝一口，就尖锐地判断出成色。我想寿星老的胃一定都是很坚强的，只有一个坚强的胃才能养活得了一个聪明的脑。读书也是一样，好的书，是人参燕窝熊掌，人生若不大快朵颐，岂不白在世上潇洒走过一回？坏的书，是腐肉砒霜氰化物，浪费了时间贻误了性命。关于读什么书好的问题。要多听老年人的意见，他们是有经验的水手。也许在航道的选择上有趋于保守的看法，但他们对于风暴的预测绝对准确。名著一般多是经过了许多年代的考验，是被大师们的智慧之磨研磨了无数遭的精品。读的时候，像烈火烹油的满汉全席，为大享乐。

它有些像睡。我小的时候，当我忧愁，当我病痛，当我莫名其妙烦躁的时候，妈妈总是摸着我的头说，去睡吧，睡一觉也许就好了。睡眠中真的蕴藏着奇妙的物质，起床的时候我们比躺下时信心倍增。阅读是一种精神的按摩，在书页中你嗅得见悲剧的泪痕，摸得着喜剧的笑靥，可以看清智者额头的皱纹，不敢碰撞勇士鲜血淋淋的创口……当合上书的时候，你一下子苍老又顿时年轻。菲薄的纸页和人所共知的文字只是由于排列的不同，就使人的灵魂和它发生共振，为精神增添了新的钙质。当我们读完名著的最后一个字时，仿佛从酣然梦幻中醒来，重又生机盎然。

它有些像搏斗。阅读的时候，我们不断同书的作者争辩。我们极力想寻出破绽，作者则千方百计把读者柔软的思绪纳入他的模具。在这种智力的角斗中，我们往往败下阵来。但思维的力度却在争执中强硬了翅膀。在读名著的时候，我常常在看上一页的时候，揣测下一页的趋势。它们经常同我的想象悬殊甚远。这时候我会很高兴，知道自己碰上了武林中的高手。大师们的著作像某一流派掌门人的秘籍，记载着绝世的功法。细细研读，琢磨他们的一招一式，会在潜移默化中悟出不可言传的韵律。只是江湖上的口诀多藏之深山传之密室，各个学科大师们的真迹却是唾手而得。由于它的廉价和平凡，人们常常忽视了它的价值。那是古往今来人类最智慧的大脑留给我们的结晶啊！我一次次在先哲们辉煌的思辨与精湛的匠艺面前顶礼膜拜，我一次次在无与伦比的语言搭配之下惊诧莫名……我战胜自己的怯懦不断地阅读它们，勇敢地从匍匐中站起。我知道大师们在高远的天际微笑着注视着后人，他们虽然灿烂却已经凝固。他们是秒表上固定了的纪录，是一根不再升高的横杆。今人虽然暗淡，但我们年轻。作为阅读者，我们还处在生命的不断蜕变之中，蛹里可能飞出美丽的蝴蝶。在阅读中，我们被征服。我们在较量中蓬勃了自身，迸发出从未有过的力量。

阅读是一种孤独。几个人共看一本书，那只是在极小的时候争抢连环画。它同看电影看录像听音乐会是那样的不同。前者是一块巨大的生日蛋糕可以美味地共享，后者只是孤灯下的一盏清茶，只可独啜，倾听一个遥远的灵魂对你一个人的窃窃私语。他在不同的时间对不同的人说过同样的话，但你此时只感觉他在为你而歌唱。如果你不听，他也不会恼，只会无声地从书页里渗出悲悯的叹息。你啪地合上书，就把一代先哲幽禁在里面。但你忍不住又要打开它，穿越历史的灰尘与他对话。

阅读名著不可以在太快乐的时光。人们在幸福的时候往往读不进书。快乐是一团粉红色的烟雾，易使我们的眼睛近视。名著里很少恭维幸运的话语，它们更多是苦难之蚌分泌的珍珠。

阅读名著也不可在太富裕的时刻。阅读其实是思索的体操，富裕的膏脂太多时，脑子转动得就慢了。名著多半是智者饿着肚子时写成的，过饱者是不大读得懂饥饿的文字的。真正的阅读，可以发生在喧嚣的人海，也可以坐落在冷峻的沙漠。可以在灯红酒绿的闹市，也可以在月影婆娑的海岛。无论周围有多少双眼睛，无论分贝达到怎样的嘈杂，真正的阅读注定孤独。那是一颗心灵对另一颗心灵单独的锤击，那是已经成仙的老爷爷特地为你讲的故事。

名师赏析

每个人的阅读感觉大多跟他的经历有关，经历的点点霞光织就阅读体验的云裳。

作者细腻描写阅读的精神感受：它有些像吃，因为渴望阅读的时候必定虚怀若谷。它有些像睡，因为阅读是一种精神按摩，为精神增添钙质，让人生机盎然。阅读像搏斗，因为在阅读过程中，就是与先哲的智力角斗，读者在与作者思绪、精神和技艺的较量中获得生命的力量。

阅读是一种孤独，因为"那是一颗心灵对另一颗心灵单独的锤击"。

阅读只与精神的滋养、储存、锻造有关，注定孤独。

幸福盲

　　若干年前，看过报道，西方某都市的报纸，面向社会征集"谁是世界上最幸福的人"这个题目的答案。来稿很踊跃，各界人士纷纷应答。报社组织了权威的评审团，在纷纭的答案中进行遴选和投票，最后得出了三个答案。因为众口难调意见无法统一，还保留了一个备选答案。

　　按照投票者的多寡和权威们的表决，发布了"谁是世界上最幸福的人"的名单。记得大致顺序是这样的：

　　一、给病人做完了一例成功手术，目送病人出院的医生。

　　二、给孩子刚刚洗完澡，怀抱婴儿面带微笑的母亲。

　　三、在海滩上筑起了一座沙堡的顽童，望着自己的劳动成果。

　　备选的答案是：写完了小说最后一个字的作家。

　　消息入眼，我的第一个反应仿佛被人在眼皮上抹了辣椒油，呛而且痛。继而十分怀疑它的真实性。这可能吗？不是什么人闲来无事，编造出来博人一笑的恶作剧吧？还有几分惶惑和恼怒，在心扉最深处，是震惊和不知所措。

　　也许有人说，我没看出这则消息有什么不对头的啊！再说，这正是大多数人对幸福的理解，不是别有用心或是哗众取宠啊！是的是的，我都明白，可心中还是惶惶不安。当我静下心来，细细梳理思绪，才明白自己当时的反应，是一种深入骨髓的悲哀。原来我是一个幸福盲。

为什么呢？说来惭愧，答案中的四种情况，在某种程度上，我都一定程度地拥有了。我是一个母亲，给婴儿洗澡的事几乎是早年间每日的必修。我曾是一名医生，手起刀落，给很多病人做过手术，目送着治愈了的病人走出医院的大门的情形，也经历过无数次了。儿时调皮，虽然没在海滩上筑过繁复的沙堡（这大概和那个国家四面环水有关），但在附近建筑工地的沙堆上挖个洞穴藏个"宝贝"之类的工程，肯定是经手过了。另外，在看到上述消息的时候，我已发表过几篇作品，因此那个在备选答案中占据一席之地的"作家完成最后一字"之感，也有幸体验过了。

我集这几种公众认为幸福的状态于一身，可我不曾感到幸福，这真是莫名其妙而又痛彻的事情。我发觉自己出了问题，不是小问题，是大问题。这个问题如果不解决，我所有的努力和奋斗，犹如沙上建塔。从最乐观的角度来说，即使是对别人有所帮助，但我本人依然是不开心的。我哀伤地承认，我是一个幸福盲。

我要改变这种情况。我要对自己的幸福负责。从那时起，我开始审视自己对于幸福的把握和感知，我训练自己对于幸福的敏感和享受，我像一个自幼被封闭在洞穴中的人，在七彩光线下学着辨析青草和艳花，朗月和白云。体会到了那些被黑暗囚禁的盲人，手术后一旦打开了遮眼的纱布，那份诧异和惊喜，那份东张西望的雀跃和喜极而泣的泪水，是多么自然而然。

哲人说过，生活中缺少的不是美，而是发现美的目光。让我们模仿一下他的话：生活中也不缺少幸福，只是缺少发现幸福的眼光。幸福盲如同色盲，把绚烂的世界还原成了模糊的黑白照片。拭亮你幸福的瞳孔吧，就会看到被潜藏被遮掩被蒙蔽被混淆的幸福，就如美人鱼一般从深海中升起，哺育着我们。

名师赏析

　　本文语言质朴真诚，发人深省。字里行间流淌着作者对生活的深刻体验，对幸福的温暖提醒。启示读者"生活中也不缺少幸福，只是缺少发现幸福的眼光"。读来令人受益。

　　"谁是世界上最幸福的人？"开篇夺人眼球，引人入胜。作者结合自己内心深处的真实反应，真诚剖析自我：集几种公众认为幸福的状态于一身，却不曾感到幸福……原来我是一个幸福盲。表面写己，实则写人。作者真挚的内心如清澄明镜，读者揽镜自观，极易和作者产生共鸣。这正是优秀文字的感染力。提出问题后，作者进行纵深思考："我要对自己的幸福负责。"抽象的命题，在作者的笔下却形象可感。因为作者善用精妙的比喻，将自身对于幸福的把握和感知、敏感和享受准确生动地阐述，可谓文质兼美，春风化雨。

爱的回音壁

现今中年以下的夫妻，几乎都是一个孩子，关爱之心，大概达到中国有史以来的最高值。家的感情像个苹果，姐妹兄弟多了，就会分成好几瓣。若是千亩一苗，孩子在父母的乾坤里，便独步天下了。

在前所未有的爱意中浸泡的孩子，是否物有所值，感到莫大幸福？我好奇地问过。孩子们撇嘴说，不，没觉着谁爱我们。

我大惊，循循善诱道，你看，妈妈工作那么忙，还要给你洗衣做饭；爸爸在外面挣钱养家，多不容易！他们多么爱你们啊……

孩子们很漠然地说，那算什么呀！谁让他们当了爸爸妈妈呢？也不能白当啊，他们应该的。我以后做了爸爸妈妈也会这样。这难道就是爱吗？爱也太平常了！

我震住了。一个不懂得爱的孩子，就像不会呼吸的鱼，出了家族的水箱，在干燥的社会上，他不爱人，也不自爱，必将焦渴而死。

可是，你怎样让由你一手哺育长大的孩子，懂得什么是爱呢？从他眼睛接受第一缕光线时，已被无微不至的呵护包绕，早已对关照体贴熟视无睹。生物学上有一条规律，当某种物质过于浓烈时，感觉迅速迟钝麻痹。

如果把爱定位于关怀，随着孩子年龄的增长，对他的看顾渐次减少，孩子就会抱怨爱的衰减。"爱就是照料"这个简陋的命题，把许多成人和孩子一同领入误区。

寒霜陡降也能使人感悟幸福，比如父母离异或是早逝。但它是灾变的副产品，带着天力人力难违的僵冷。孩子虽然在追忆中，明白了什么是被爱，那却是一间正常人家不愿走进的课堂。

孩子降生人间，原应一手承接爱的乳汁，一手播洒爱的甘霖，爱是一本收支平衡的账簿。可惜从一开始，成人就间不容发地倾注了所有爱的储备，劈头盖脑砸下，把孩子的一双手塞得太满。全是收入，没有支出，爱沉淀着，淤积着，从神奇化为腐朽，反让孩子成了无法感知爱意的精神残疾。

我又问一群孩子，那你们什么时候感到别人是爱你的呢？

没指望得到像样的回答。一个成人界都争执不休的问题，孩子能懂多少？比如你问一位热恋中的女人，何时感觉被男友所爱？回答一定光怪陆离。

没想到孩子的答案晴朗坚定。

我帮妈妈买醋来着。她看我没打了瓶子，也没洒了醋，就说，闺女能帮妈干活了……我特高兴，从那会儿，我知道她是爱我的。翘翘辫女孩说。

我爸下班回来，我给他倒了一杯水，因为我们刚在幼儿园里学了一首歌，词里说的是给妈妈倒水，可我妈还没回来呢，我就先给我爸倒了。我爸只说了一句，好儿子……就流泪了。从那次起，我知道他是爱我的。光头小男孩说。

我给我奶奶耳朵上夹了一朵花，要是别人，她才不让呢，马上就得揪下来。可我插的，她一直戴着，见着人就说，看，这是我孙女打扮我呢……我知道她最爱我了……另一个女孩说。

我大大地惊异了。讶然这些事的碎小和孩子铁的逻辑。更感动他们谈论时的郑重神气和结论的斩钉截铁。爱与被爱高度简化了，统一了。孩子在被他人需要时，感觉到了一个幼小生命的意义。成人注视并强调了这种价值，他们就感悟到深深的爱意。在尝试给予的同时，他们懂得了什么是接受。爱是一面辽阔光滑的回音壁，微小的爱意反复回响着，折射着，变成巨大的轰鸣。当付出的爱被隆重地接受并珍藏时，孩子终于强烈地感觉到了被爱的尊贵与神圣。

被太多的爱压得麻木，腾不出左手的孩子，只得用右手，完成给予和领悟爱的双重任务。

天下的父母，如果你爱孩子，一定让他从力所能及的时候，开始爱你和周围的人。这绝非成人的自私，而是为孩子一世着想的远见。不要抱怨孩子天生无爱，爱与被爱是铁杵成针百年树人的本领，就像走路一样，须反复练习，才会举步如飞。

如果把孩子在无边无际的爱里泡得口眼翻白，早早剥夺了他感知爱的能力，育出一个爱的低能儿，即使不算弥天大错，也是成人权力的滥施，或许要遭天谴的。

在爱中领略被爱，会有加倍的丰收。孩子渐渐长大，一个爱自己、爱世界、爱人类，也爱自然的青年，便喷薄欲出了。

名师赏析

文本语言诚恳，意蕴深刻。作者对"爱"这一主题提出了自己独特的思考："在爱中领略被爱，会有加倍的丰收。"此外，本文的结构也呈现出"起承转合"的精致美感。

"起"，即文章的开篇。作者以当今社会不少孩子对爱变得漠然这一现象引入，收到了先声夺人的效果；"承"即"承上启下"。作者由此自然引出思考，由表及里指出了爱之泛滥带来的巨大副作用。"转"指转入正题。孩子们什么时候能感受到他人之爱呢？通过列举孩子们的回答，读者终于明白"爱的回音壁"之真实含义：被人需要，方体会生命意义；尝试给予，才懂得爱的接受。最后为"合"，即文章的收束。作者水到渠成点出主题，为天下父母点明了爱之真谛，耐人寻味，发人深省。

回家去问妈妈

那一年游敦煌回来，兴奋地同妈妈谈起戈壁的黄沙和祁连的雪峰。说到在丝绸之路上僻远的安西，哈密瓜汁甜得把嘴唇粘在一起……

安西！多么遥远的地方！我在那里体验到莫名其妙的感动。除了我，咱们家谁也没有到过那里！我得意地大叫。

一直安静听我说话的妈妈，淡淡地插了一句：在你不到半岁的时候，我就怀抱着你，走过安西。

我大吃一惊，从未听妈妈谈过这段往事。

妈妈说你生在新疆，长在北京。难道你是飞来的不成？以前我一说起带你赶路的事情，你就嫌烦。说知道啦，别再啰嗦。

我说，我以为你是坐火车来的，一件司空见惯的事情。

妈妈依旧淡淡地说，那时候哪有火车？从星星峡经柳园到兰州，我每天抱着你，天不亮就爬上装货卡车的大厢板，在戈壁滩上颠呀颠，半夜才到有人烟的地方。你脏得像个泥巴娃娃，几盆水也洗不出本色……

我静静地倾听妈妈的描述，才知道我在幼年时曾带给母亲那样的艰难，才知道发生在安西的感动源远流长。

我突然意识到，在我和最亲近的母亲之间，潜伏着无数盲点。

我们总觉得已经成人，母亲只是一间古老的旧房。她给我们的童年以遮避，但不会再提供新的风景。我们急切地投身外面的世界，寻找自我的价值。全神贯注地倾听上司的评论，字斟句酌地印证众人的口碑，反复咀嚼朋友随口吐露的一滴印象，甚至会为恋人一颦一笑的涵义彻夜思索⋯⋯我们极其在意世人对我们的看法，因为世界上最困难的事莫过于认识自己。

我们恰恰忘了，当我们环视整个世界的时候，有一双微微眯起的眼睛，始终在背后凝视着我们。那是妈妈的眼睛啊！

我们幼年的顽皮，我们成长的艰辛，我们与生俱来的弱点，我们异于常人的禀赋⋯⋯我们从小到大最详尽的档案，我们失败与成功每一次的记录，都贮存在母亲宁静的眼中。

她是世界上第一个认识我们的人。我们何时长第一颗牙？我们何时说第一句话？我们何时跌倒了不再哭泣？我们何时骄傲地昂起了头颅？往事像长久不曾加洗的旧底片，虽然暗淡却清晰地存放在母亲的脑海中，期待着我们将它放大。

所有的妈妈都那么乐意向我们提起我们小时的事情，她们的眼睛在那一瞬露水般的年轻。我们是她们制造的精品，她们像手艺精湛的老艺人，不厌其烦地描绘打磨我们的每一个过程。

我们厌烦了。我们觉得幼年的自己是一件半成品，更愿以光润明亮、色彩鲜艳、包装精美的成年姿态，出现在众人面前。

于是我们不客气地对妈妈说：老提那些过去的事，烦不烦呀？别说了，好不好？

从此，母亲就真的噤了声，不再提起往事。有时候，她会像抛上岸的鱼，突然张开嘴，急速地扇动着气流……她想起了什么，但她终于什么也没有说，干燥地合上了嘴唇。我们熟悉了她的这种姿势，以为是一种默契。

为什么怕听母亲讲过去的事情？是不愿承认我们曾经弱小？是不愿承载亲人过多的恩泽？我们在人海茫茫世事纷繁中无暇多想，总以为母亲会永远陪伴在身边，总以为将来会有某一天让她将一切讲完。

在一个猝不及防的刹那，冰冷的铁门在我们身后戛然落下。温暖的目光折断了翅膀，掩埋在黑暗的那一边。

我们在悲痛中愕然回首，才发现自己远远没有长大。

我们像一本没有结尾的书，每一个符号都是母亲用血书写。我们还未曾读懂，著者已撒手离去。从此我们面对书中的无数悬念和秘密，无以破译。

我们像一部手工制造的仪器，处处缠绕着历史的线路。母亲走了，那唯一的图纸丢了。从此我们不得不在暗夜中孤独地拆卸自己，焦灼地摸索着组合我们性格的规律。

当那个我们快乐时，她比我们更欢喜；当我们忧郁时，她比我们更苦闷的人，头也不回地远去的时候，我们大梦初醒。

损失了的文物永不能复原，破坏了的古迹再不会重生。我们曾经满世界地寻找真诚，当我们明白最晶莹的真诚就在我们身后时，猛回头，它已永远熄灭。

我们流落世间，成为飘零的红叶。

趁老树虬髯的枝丫还郁郁葱葱时，让我们赶快跑回家，

　　你安安静静地偎依在她的身旁，听她像一个有经验的老农，介绍风霜雨雪中每一穗玉米的收成。

去问妈妈。

问她对你充满艰辛的诞育，问她独自经受的苦难。问清你幼小时的模样，问清她对你所有的期冀……你安安静静地偎依在她的身旁，听她像一个有经验的老农，介绍风霜雨雪中每一穗玉米的收成。

一定要赶快啊！生命给我们的允诺并不慷慨，两代人命运的云梯衔接处，时间只是窄窄的台阶。从我们明白人生的韵律，距父母还能明晰地谈论以往，并肩而行的日子屈指可数。

给母亲一个机会，让她重温创造的喜悦。给自己一个机会，让我深刻洞察尘封的记忆。给众人一个机会，让他全面搜集关于一个人一个时代的故事。

在春风和煦或是大雪纷飞的日子，赶快跑回家，去问妈妈。让我们一齐走向从前，寻找属于我们的童话。

 **名师赏析**

文本娓娓道来，情深意切，予人启迪。主要有三点：

一是话题独特。标题即令人耳目一新。我们曾对母亲的唠叨毫不掩饰地厌烦，对自我感觉颇为良好的得意都在这个话题的聚光灯下无所遁形。因为，我们几乎从未想过，要主动去和母亲谈论过往。

二是思考深入。我们和母亲之间的盲点形成，原因复杂。作者抽丝剥茧，从自身的认知误区和母亲的无声沉默等角度进行了深入剖析，读之令人警醒。

　　三是博喻精妙。所谓博喻，即用几个喻体从不同角度反复设喻去说明一个本体。作者用"古老的旧房""手艺精湛的老艺人""抛上岸的鱼""唯一的图纸"等来喻母亲；用"没有结尾的书""手工制造的仪器""飘零的红叶"等来喻自己，不仅形象生动，而且增强了语意，突显了中心。

第三辑　人生漫笔

山河试卷

某一次旅游，游客中有个中学生。我佩服他爹娘，有远识有金钱。在他如此幼小的时候，就带他四海周游，助他打开眼界，看不一样的风景，听远方的故事。当然，我并不是说只有到异国去，孩子才可能有更多的见识。只要心的容量足够大，近在咫尺，也能看到可惊可叹的美景。不过，远行终值得羡慕。

出发了。旅行团的人数不多，彼此熟识之后，就像一家人。孩子名昭苏，某天吃团餐的时候，眼圈红红的，饭量大减，蔫头耷脑。

我悄声问，哭了？

他说，没……只是眼睛漏了点水。

我能够理解这个年龄段的男孩自尊心很强，承认哭泣是难堪的事情。我说，是海水吗？

他迟疑了一下说，不是。

轻微的失望，更喜欢诚实的孩子。不过，我也没有资格来管教，于是，淡然一笑。

昭苏很敏感，觉察到了，说，是湖水。

我说，哦。

他仿佛下了很大的决心，说，是青海湖。

我们一齐笑起来，从此成为朋友。几天后，当我们关系更加良好的时候，他告诉我说，那天流泪，是因为爸爸妈妈逼他写作业。窗外是冰峰雪景，远处的森林里，有独角犀牛、蓝尾孔雀和吐舌头的鳄鱼。他不想写，爸爸妈妈就动了武力。昭苏说，出来旅游，就是要看不一样的东西。现在可好，不一样的东西就在眼前，却不让我看，非让我埋在书堆作业本里。那我为什么还要跑到国外来呢？旅游费那么贵，现在每过一天，就相当于 2000 块人民币。用这个时间来写作业，还不如缩在家里干这事。又省钱效率还高。现在，雪山我也没看清楚，孔雀我也没能拍下来，小鳄鱼也没捞着见……我这到底是干什么来了呢？您是个作家，一定知道鸡犬升天的故事吧？

我说，为什么想起这个道教故事？

昭苏说，道不道教的我不知道，只是这故事和我的情况太有可比性了！

我不明白。昭苏说，我来给您解释。西汉的时候，有个您的同行，叫刘安。

我说，不能吧？我当过解放军，还是心理医生。那时候，有这两个职业吗？

昭苏狡黠地笑笑说，他写作啊，继承了封位叫淮南王。刘安看过很多书，喜欢炼丹以成仙，四处云游，寻访神人。有个叫八公的仙翁，会炼丹，可是他保密，不告诉刘安。刘安不灰心，锲而不舍，终于感动了八公，八公就把炼仙丹的方法告诉刘安了。刘安开始炼丹了，守在炼丹炉旁闭目念经，可专心了。后来他果真炼出了仙丹，吞下去，哎呀，了不得啊，身轻如燕，精力旺盛，目光矍铄，脚下一使劲儿……

我大笑，说，昭苏你好像亲眼看见刘安成仙似的。

昭苏说，嗨，反正刘安一跺脚，就轻飘飘地向空中飞去，定睛一看，已经站在云彩中了。可能是仙丹太灵了，他才吃了几颗就成仙了，没吃完的仙丹散落在地上，被他家的鸡和狗吃了。鸡狗吃完之后，也都飘然升空，成了神仙。刘安在自己家的鸡和狗簇拥之中，慢慢飘向天堂……从此就有了成语"一人得道，鸡犬升天"。

我说，昭苏，绘声绘色说得挺有趣。可我还是想不出它和作业有何联系？

昭苏说，咱们能到这里来，不是坐了好长时间飞机吗？

我说，对啊。

昭苏说，神仙都是会飞的，猪八戒土地神这些未入流的小神都会飞。更不要说二郎神孙悟空什么的。

我说，飞到空中就算是神仙，那咱们也是刘安了。

昭苏长叹一口气说，可惜当我升天的时候，我的课本和作业本，也一道升天了。现在，我就被它们簇拥着，和没升天之前一模一样。刘安可怜啊，成天埋在凡间的猪狗们中间，这个神仙当不当的，有什么意思呢？

昭苏有理。不过，有些话，我不能和昭苏说，只想对昭苏的父母说。

我们心的容积，其实有限。旅游是环境和时空的大挪移，国度不同，时差不同，风景不同，民俗不同，语言不同，历史不同，文化不同，饮食不同……使得人心智和体力高度运转，目不暇接。人的眼耳鼻舌身，耳朵竖起，以搜罗更多不同的声音，眼皮尽量睁大，以观察更多奇异的风光。鼻翼扇动，以呼吸更多异乡的气息。味蕾张开，以分辨更多诡异的美食。每一寸肌肤的触觉，都进入高度兴奋的状态，感受着来自异国的风土人情……感觉陌生才是旅行的难得境界。一切尽在掌握中，那是炕头到炕尾的挪挪窝，不是万千气象的旅程。旅程正因为不可或知的奇异而诱人涎水，没有意外的旅程只能是从卧室到厨房的踯躅。

想想看，在你的五官紧张工作目不暇接之时，新的讯息像身后的斑斓猛虎一样追赶你之时，你还能心平气和地写作业吗？

是的。应该轻装，不仅仅是我们的行囊在旅行时尽可能地减少重量，我们的心灵也要腾空，放松到无所挂牵，大脑才能像最大面积的洁净黑板，才能书写新的公式和词汇，才能真正有效地利用这难得的一课，积聚起崭新的能量，从容不迫回应万千世界的频繁刺激。

旅行是精神的压缩饼干，你只能先吞下去，再用胃液慢慢来消化，汲取丰富的营养。如果一边旅游一边写作业，那简直就是暴殄天物，就是捧着金饭碗，喝一盏昨夜的残汤。

旅行其实是不断地发现，冲突，记忆和刷新的循环过程。所有的景色就像按了快进键的录像机，你来不及细看，只有先把它们储存在那里，如同台风莅临前紧急卸货入库的港口。相当于平日十几倍甚至几十倍的海量信息，喧嚣着蜂拥而入，挑战我们身体的每一寸肌肤和所有的感官。我们不断地总结归纳汲解读取融化着，试图用发现来验证经验，用已知来证明未知，用未知来挑战已知……这话说起来拗口，简言之，已知和未知的经纬线，狙杀在一起，像一幅斑斓的锦，匆匆织就。只有先妥帖地藏在背囊中，带回温暖的家。留待以后漫长的时日，展开来，细细反刍。

我希望昭苏能和父母结成旅游不写作业的协议。当然，作业是要完成的，不过不要在瞬息万变的旅途中。旅游是山川河流历史文化留给我们的多选题，先通览一遍试卷，再来琢磨这些新颖的题目吧。

名师赏析

文本在诙谐的述说中，融合了缜密的思考，让读者不禁陷入沉思：当我们自己在面对"山河试卷"时，是否能够完成山川河流历史文化留给我们的多选题？

文章以旅游团中一位中学生的眼泪开篇，将享受旅游和完成作业这一组"矛盾"摆在读者面前，引发思考；继而话锋一转，用诙谐的语言记录了这位学生对"一人得道鸡犬升天"的故事理解及自身感受，这诙谐的背后，正是沉重现实的写照；最后，作者鞭辟入里，指出了我们的心容积有限，而旅游的精彩无限，唯有腾空心灵，才能积聚崭新能量。全文不动声色，娓娓道来，为读者拨开了认知的迷雾，再现辽阔的思维天地。

旅行使我们谦虚

由于工作的关系，常常旅行。旅行比居家的时候辛苦，这是不消说的。中国有句古话——在家千日好，出门一时难，说的就是这份不易。但时间长了，待在家里，筋骨锈了，就会生出一份隐隐的焦灼，迫不及待地想到外面走走去。

是什么诱惑着我们放弃安宁和舒适，离开温暖的家，在某一个清晨或是深夜，毅然到遥远的他乡去了呢？

当然，很多时候，是为了谋生，为了无法推卸的责任和理由。但是，随着温饱的解决，我们越来越多自觉自愿地选择了——人在旅途。

一次，我应邀到国外访问。在规定的活动完结之后，主人很热情地让我挑选一个完全自由的项目，以便我可以更深入地了解这个国家。我想了想，提笔写下了：乘坐火车或是长途汽车，在大地上旅行。主人看了看那张纸说，好，我们很乐意满足您的要求。只是，您的目的地是哪里呢？您究竟要到哪里去呢？

我说，没有目的地，不到哪里去。坐着车在土地上行走，就是目的，就是一切了。

我固执地认为，要真正认识一个国家，一个民族，一块土地，一处山水，你必得独自漫游。

旅行使我们谦虚。奔驰的速度，变换的风景，奇异的遭遇，萍逢的客人……这一切旅途中可能发生的事件，强烈地超出了我们已知的范畴，以一种陌生和挑战的姿态，敦促我们警醒，唤起我们好奇。在我们被琐碎磨损的生命里，张扬起绿色的旗帜。在我们被刻板疲惫的生活中，注入新鲜的活力。

久久的蜗居，易使我们的视野狭小，胸怀仄斜，肌力减弱……这个时候，收拾好行囊，告辞了亲人，踏上旅途吧。

珍惜旅途吧。火车上那些不眠的夜晚，凭窗而立，看铁轨旁一盏盏路灯，闪着紫蓝色的光芒，瞬忽而逝，许多记忆幽灵般的复活了。

人们常常在旅途中，猛地想起湮灭许久的往事，忆起许多故人的音容笑貌。好像旅行是一种溶剂，融化了尘封的盖子，如烟的温情就升腾出来了。

人们常常在旅途中，向相识才几个小时的旅伴倾诉衷肠，彼此那样深刻地走入了对方的精神架构。我甚至知道几位青年，竟这样找到了自己的终身伴侣。

有人把这些解释为——旅途使人们亲近，是因为没有利害关系。我不同意这个观点。正是因为同乘一列车，同渡一条船，才使我们如此亲密。旅行使人性中温暖的那些因子，弥散开来。

旅途也有困厄和风雨。艰难和险恶。但是，这不会阻止真正的旅行者的脚步。旅行正是以一种充满未知的魅力，激起人们不倦的向往。

 **名师赏析**

文本观点鲜明，说理透彻，耐人寻味。主要有三点：

一是导入亲切。作者从自己的真实故事写起，在一次国外访问后主动选择独自漫游，引出了自己对旅行的理解。

二是说理多元。为什么旅行使我们谦虚？作者从旅途的未知与丰富、蜗居的狭隘与刻板、无数记忆在旅途中复活、温暖因子在旅行中弥散等角度进行说理，层层深入，让读者也如同经历了一场"思维"的旅行，对旅行的意义有了更明晰的认知。

三是文字润泽。作者不讲大道理，没有教条指南，只是在与读者分享旅途中的美好片段与感受，却在潜移默化中润泽了读者内心。

最大的缘分

这几年，"缘"字泛滥，见面就是缘。

在翠绿的伊犁河谷，一位哈萨克族少女，高擎着马奶子酒说，尊贵的客人，世上最高最长远的缘分是什么呢？是吃啊！一生下来，婴儿就要吃。到不能吃的时候，缘分也就尽了。人们因吃而聚，因吃而离……

那一天，所有的味道，都被这句话漂白。

吃是笼罩天穹的巨伞。甚至从生命还没有诞生，我们就开始吃了。构成我们机体原初的那些物质：骨的钙，血的铁，瞳孔的胡萝卜素，头发的维生素原B5，肌肉的纤维，脑神经的沟回……无一不是我们从大自然攫取来的。生命始自吃大自然，大自然是胚胎化缘的钵，这就是最洪荒的缘分啊。

出生后，我们开始吃母亲。乳汁是世界上最完整最富于消化吸收的养料，妈妈的胸怀，是我们赖以生存的谷仓，遮风雨的帐篷，温暖的火墙和日夜轰响的交响乐团（资料证明，婴儿在母亲的心跳声中，感觉最安宁。因为这声音的节奏，已融入孩子永恒的记忆）。因为吃与被吃，母与子，结成天下无与伦比的友谊。这种友谊被庄严地称为——母爱。

长大了，我们开始吃自己。养活你自己，几乎是进入成人世界最显著的标志。填平空虚的胃，曾经是多少人惨淡经营的梦想。待统计到国计民生上，温饱解决了，我们就能进入小康，吃——此刻不仅仅是食物，更成了逾越文明纪录的标杆。吃是基础，吃是栋梁，有了吃，一个民族才能在世界的麦克风中有扩大的声音。没有吃，肚子咕咕叫的动静压倒一切，遑论其他！

夫妻走到一块，叫作从此在一个饭锅里搅马勺了。吃是男女长久的媒人和黏合剂。

普天之下，熙熙攘攘，多少酒肆饭楼，早茶晚宴，都是为吃聚在一处。古往今来，不知有多少大事在杯觥交错中议定，有多少金钱在餐桌下滚滚作响。

为了吃，人是残忍的，远古时曾尝遍了包括人自身在内的所有生物。进步了，不再吃人。科学了，不再吃有害健康的食物。但人的好吃仍是无与伦比，毒蛇有毒，拔了牙吃。河豚烈性，剥了内脏继续吃。珍禽异兽，都曾被人烹炸清炖，吃了南极吃北极，先是磷虾后是鲸……人是地球上能吃善吃的冠军，狮子老虎都得自叹弗如。

吃到遥远的地方，吃出奇异的境界，是人类永不磨灭的理想。所以，人总想吃出地球去，吃到太空去，到另外的星球上找饭吃，这便是无限神往的明天了。

到什么也不想吃的时候，生命已到尾声，与这世界的缘分将尽了。所以，能吃是最基本的缘分，切不可小觑。与"能吃"的可爱相比，功名利禄都是泔水。吃亦有道，需吃得聪明，吃得正大，吃得坦荡，吃的是自己双手挣来的清白，吃才是人间的幸福。

珍惜能吃的日子，珍惜一道举筷的亲人。珍惜畅饮的朋友，珍惜吃的智慧。敬畏热爱供给我们吃的原料，吃的场所，吃的机会，吃的概率的源头……大自然与母亲！

 **名师赏析**

　　本文从不起眼的"吃"字入手，却引发出关于"吃"的种种缘分解说，思维开阔，形散神聚，读之令人回味。

　　开篇简洁。作者借一位哈萨克少女之口，指出了"吃"是世界上最大的缘分，人们因吃而聚，因吃而离。语言简洁，却又让人耳目一新，引人入胜。

　　容量丰富。在亮出观点之后，作者围绕"吃"，从生存需要、情感链接、吃之残忍、吃亦有道等角度展开充分叙说，思维开阔，语言畅达。让读者对"吃"重新进行了审视，受益颇多。

　　收束有力。结尾依然简洁，却很好地收束了全篇，对"缘分"二字画龙点睛。原来，"吃"的同时，更要珍惜健康、珍惜亲朋、体悟智慧、感恩大自然和母亲。余音绕梁，耐人寻味。

爱的喜马拉雅

很多人以为爱是虚无缥缈的感情，以为爱在我们的日常生活中，发生的频率十分低。以为只有空虚的细腻的多愁善感的人，才会在淋漓秋雨的晚上和薄雾袅袅的清晨，品着茶吹着箫，玩味什么是爱。以为爱的降临必有异兆，在山水秀美之地或是风花雪月之时，锅碗瓢盆刀枪剑戟必定与爱不相关。

还有很多人以为自己不会爱，是缺乏技巧。以为爱是如烹调书和美容术一样，可以列出甲乙丙丁分类传授的手艺，以为只要记住在某种场合，施爱的程序和技巧，比如何时献花何时牵手，自己在爱的修行上，就会有一个本质性的转变和决定性的提高。风行的各类男人女人少男少女的杂志上，不时地刊登各种爱的小窍门小把戏，以供相信这一理论的读者牛刀小试。至于尝试的结果，从未见过正式的统计资料，也无人控告这些经验的传授者有欺诈倾向。想来读者多是善意和宽容的，试了不灵，不怪方子，只怪自家不够勤勉。所以，各种秘方层出不穷，成为诸如此类刊物长盛不衰的不二法门。这也从另一个侧面说明，多少人求爱无门，再接再厉屡败屡试。

爱有没有方法呢？我想，肯定是有的。爱的方法重要不重要呢？我想，一定是重要的。但在爱当中，最重要的不是方法，而是你对于爱的理解和观念。

你郑重地爱，严肃地爱，欢快地爱，思索地爱，轻松地爱，真诚地爱，朴素地爱，永恒地爱，忠诚地爱，坚定地爱，勇敢地爱，机智地爱，沉稳地爱……你就会派生出无数爱的能力，爱的法宝，爱的方法，爱的经验。

爱是一棵大树。方法，是附着在枝干上的蓓蕾。

某年春节，我到江南去看梅花。走了很远的路，爬了许久的山，看到了无边无际的梅树。只是，没有梅花。

天气比往年要冷一些，在通常梅花怒放的日子，枝上只有饱胀的花骨朵。怎么办呢？只有打道回府了。主人看我失望的样子，突然说，我有一个办法，可以让梅花瞬时开放。

我说，真的吗？你是谁？武则天吗？就算你真的是，如果梅花也学了牡丹，宁死不开你又怎样呢？

主人笑笑说，用了我这办法，梅花是不能抵挡的。你就等着看它开放吧！

她说着，从枝上折了几朵各色蓓蕾（那时还没有现在这般的环保意识，摘花——罪过），放在手心，用热气暖着哈着，轻轻地揉搓……

奇迹真的在她的掌心缓缓地出现了。每一朵蓓蕾，好似被魔掌点击，竟在严寒中，一瓣瓣地绽开，如同少女睡眼一般睁出了如丝的花蕊，舒展着身姿，在风中盛开了。

主人把花递到我手里，说好好欣赏吧。我边看边惊讶地说，如果有一只巨掌，从空中将这梅林整体温和揉搓，顷刻间就会有花海涌动了啊！

主人说，用这法子可以让花像真的一样开放，但是……

她的"但是"还没有讲完，我已知那后面的转折是什么了。如此短暂的功夫，在我手中蓬开的花朵，就已经合拢熄灭，那绝美的花姿如电光石火一般，飘然逝去。

怎么谢得这么快？我大惊失色。

因为这些花没有了枝干。没有枝干的花，绝不长久。主人说。

回到正题吧。单纯的爱的技术，就如同那没有枝干的蓓蕾，也许可以在强行的热力和人为的抚弄下，开出细碎的小花，但它注定是短命和脆弱的。

我们珍视爱。是看重它的永恒和坚守。对于稍纵即逝的爱，我们只有叹息。

爱在什么时候，都会需要技术的。而且这些技术，会随着历史的进程，发展得更完善和周到。同时，我们无论在什么时候，都更看重那技术之下的，深埋在雄厚土壤中的爱的须根。

如果你需要长久的致密的坚固的稳定的爱，你就播种吧，你就学习吧，你就磨炼吧，你就锲而不舍地坚持求索吧。爱必将降临在每一个真诚寻找它的眸子里。

 **名师赏析**

什么是爱？爱的降临有何异兆？如何学会爱？作者从人们常见的疑惑入手，先谈了人们对爱的认知偏见："以为自己不会爱，是缺乏技巧。"再纵深挖掘："在爱当

中，最重要的不是方法，而是你对于爱的理解和观念。"

　　全文最震撼人心之处，在于作者对江南梅花瞬时开放的"奇迹"再现。通过强行的热力和人为的抚弄，本来未绽的花骨朵，在人的掌心居然也缓缓盛开。这一"奇迹"令读者惊叹；但因为脱离枝干，绝美花姿瞬间凋谢，又让读者陷入沉思。作者借物说理，春风化雨，让读者领会到"方法，是附着在枝干上的蓓蕾"，而想拥有永恒和坚守的爱，则更应重视那爱的"须根"。真诚寻觅，坚持求索，爱终将降临。

　　文字平实，却充满温暖的爱之张力，让读者不经意间便登临爱之巅峰，读懂爱之真谛。

精神的三间小屋

面对那句——人的心灵，应该比大地、海洋和天空都更为博大的名言，自惭形秽。我们难以拥有那样雄浑的襟怀，不知累积至那种广袤，需如何积攒每一粒泥土？每一朵浪花？每一朵云霓？

甚至那句恨不能人人皆知的中国古话——宰相肚里能撑船，也让我们在敬仰之余，不知所措。也许因为我们不过是小小的草民，即便怀有效仿的渴望，也终是可望而不可即，便以位卑宽宥了自己。

两句关于人的心灵的描述，不约而同地使用了空间的概念。人的肢体活动，需要空间。人的心灵活动，也需要空间。那容心之所，该有怎样的面积和布置？

人们常常说，安居才能乐业。如今的城里人一见面，就问，你是住两居室还是三居室啊？……喔，两居室窄巴点，三居室虽说也不富余，也算小康了。

身体活动的空间是可以计量的，心灵活动的疆域，是否也可有个基本达标的数值？

有一颗大心，才盛得下喜怒，输得出力量。于是，宜选月冷风清竹木潇潇之处，为自己的精神修建三间小屋。

第一间，盛着我们的爱和恨。对父母的尊爱，对伴侣的情爱，对子女的疼爱，对朋友的关爱，对万物的慈爱，对生命的珍爱……对丑恶的仇恨，对污浊的厌烦，对虚伪的憎恶，对卑劣的蔑视……这些复杂而对立的情感，林林总总，会将这间小屋挤得满满。你的一生，经历过的所有悲欢离合喜怒哀乐，仿佛以木石制作的古老乐器，铺陈在精神小屋的几案上，一任岁月飘逝。在某一个金戈铁血之夜，它们会无师自通，与天地呼应，铮铮作响。假若爱比恨多，小屋就光明温暖，像一座金色池塘，有红色的鲤鱼游弋，那是你的大福气。假如恨比爱多，小屋就阴风惨惨，厉鬼出没，你的精神悲戚压抑，形销骨立。如果想重温祥和，就得净手焚香，洒扫庭除。销毁你的精神垃圾，重塑你的精神天花板，让一束圣洁的阳光，从天窗洒入。

无论一生遭受多少困厄欺诈，请依然相信人类的光明大于暗影。哪怕是只多一个百分点呢，也是希望永恒在前。所以，在布置我们的精神空间时，给爱留下足够的容量。

第二间小屋，盛放我们的事业。

一个人从 25 岁开始做工，直到 60 岁退休，他要在工作岗位上度过整整 35 年的时光。按一日工作 8 小时，一周工作 5 天，每年就要为你的职业付出 2000 个小时。倘若一直干到退休，那就是 70000 个小时。在这个庞大的数字面前，相信大多数人都会始于惊骇终于沉思。假如你所从事的工作，是你的爱好，这 7 万个小时，将是怎样快活和充满创意的时光！假如你不喜欢它，漫长的 7 万个小时，足以让花容磨损日月无光，每一天都如同穿着淋湿的衬衣，针芒在身。

我不晓得一下子就找对了行业的人，能占多大比例。从大多数人谈到工作时乏味麻木的表情推算，估计这样的幸运儿不多。不要轻觑了事业对精神的濡养或反之的腐蚀作用，它以深远的力度和广度，挟持着我们的精神，使之成为它麾下持久的人质。

适合你的事业，不靠天赐，主要靠自我寻找。这不但是因为相宜的事业，并非像雨后白桦林的菌子一样，俯拾即是，而且因为我们对自身的认识，也是抽丝剥茧，需要水落石出的流程。你很难预知，将在18岁还是40岁甚至更沧桑的时分，才真正触摸到倾心的爱好。当我们太年轻的时候，因为尚无法真正独立，受种种条件的制约，那附着在事业外壳上的金钱地位，或是其他显赫的光环，也许会灼晃了我们的眼睛。当我们有了足够的定力，将事业之外的赘生物一一剥除，露出它单纯可爱的本质时，可能已耗费半生。然费时弥久，精神的小屋，也定需住进你所爱好的事业。否则，鸠占鹊巢，李代桃僵，那屋内必是鸡飞狗跳，不得安宁。

我们的事业，是我们的田野。我们背负着它，播种着，耕耘着，收获着，欣喜地走向生命的远方。规划自己的事业生涯，使事业和人生，呈现缤纷和谐相得益彰的局面，是第二间精神小屋坚固优雅的要诀。

第三间，安放我们自身。

这好像是一个怪异的说法。我们自己的精神住所，不住着自己，又住着谁呢？

可它又确是我们常常犯下的重大失误——在我们的小屋里，住着所有我们认识的人，惟独没有我们自己。我们把自己的头脑，变成他人思想汽车驰骋的高速公路，却不给自己的思维，留下一条细细的羊肠小道。我们把自己的头脑，变成搜罗最新信息网罗八面来风的集装箱，却不给自己的发

　　我们的事业，是我们的田野。我们背负着它，播种着，耕耘着，收获着，欣喜地走向生命的远方。

现，留下一个小小的储藏盒。我们说出的话，无论声音多么嘹亮，都是别的喉咙嘟囔过的。我们发表的意见，无论多么周全，都是别的手指圈划过的。我们把世界万物保管得好好的，偏偏弄丢了开启自己的钥匙。在自己独居的房屋里，找不到自己曾经生存的证据。

如果真是那样，我们精神的小屋，不必等待地震和潮汐，在微风中就悄无声息地坍塌了。它纸糊的墙壁化为灰烬，白雪的顶棚变作泥泞，有露水的地面成了沼泽，江米纸的窗棂破裂，露出惨淡而真实的世界。你的精神，孤独地在风雨中飘零。

三间小屋，说大不大，说小不小。非常世界，建立精神的栖息地，是智慧生灵的义务，每人都有如此的权利。我们可以不美丽，但我们健康。我们可以不伟大，但我们庄严。我们可以不完满，但我们努力。我们可以不永恒，但我们真诚。

名师赏析

　　本文是篇说理性散文，文章的思路清晰，先引入话题，再对观点进行论述，最后总结深化。

　　精神如何会有三间小屋？文章题目就吸引力十足。作者抽丝剥茧，先从两个人尽皆知的名言说起。细心的作者发现，两句描绘心灵的名言都与空间有关，进而以小康生活的三居室类比，提出我们应该为自己的精神修建三间小屋的中心论点。紧接着，作者连续运用类比的方式，通过三个分论点展开论证：第一间小屋，"盛着我们的爱和恨"；第二间小屋，"盛放我们的事业"；第三间小屋，"安放我们自身"。作者由此表达了自己的观点：三间小屋象征着个人精神的栖息地，每个人都应努力、真诚地修筑好自己的精神空间。

　　最后，作者由建筑精神的小屋，扩大到精神的宇宙，扩大了文章格局，给人以思想激荡和无穷的回味。

谎言三叶草

　　人总是要说谎的，谁要是说自己不说谎，这就是一个彻头彻尾的谎言。

　　有的人一生都在说谎，他的存在就是一个谎言。世界是由真实的材料构成的，谎言像泡沫一样浮在表面，时间使它消耗殆尽，就好像从来没有存在过似的。

　　有的人偶尔说谎，除了他自己，没有人知道这是一个谎言。谎言在某些时候表达的只是说话人的善良愿望，只要不害人，说说也无妨。

　　对谎言刻骨铭心的印象可以追溯很远。小的时候在幼儿园，每天游戏时有一个节目，就是小朋友说自己家里有什么玩具。一个说："我家有会说话的玩具青蛙。"那时我们只见过上了弦会蹦迪铁皮蛤蟆，小小的心眼一算计，大人们既然能造出会跑的动物，应该也能让它叫唤，就都信了。又一个小朋友说："我家有一个玩具火车，像一间房子那样长……"我呆呆地看着那个男孩，前一天我才到他们家玩过，绝没有看到那么庞大的火车……我本来是可以拆穿这个谎言的，但是看到大家那么兴奋地注视着说谎者，就不由自主地说："我们家也有一列玩具火车，像操场那么长……"

　　"哇！哇！那么长的火车！多好啊！"小伙伴齐声赞叹。

“那你明天把它带到幼儿园里让我们看看好了。”那个男孩沉着地说。

“好啊！好啊！”大家欢呼雀跃。

我幼小身体里的血液一下凝住了。天哪，我到哪里去找那么宏伟的玩具火车？也许世界上根本就没有造出来！

我看着那个男孩，我从他小小的褐色眼珠里读出了期望。

他为什么会这么有兴趣？依我们小小的年纪，还完全不懂得落井下石……想啊想，我终于明白了。

我大声对他也对大家说：“让他先把房子一样大的火车拿来给咱们看，我就把家里操场一样长的火车带来。”

危机就这样缓解了。第二天，我悄悄地观察着大家。我真怕大伙儿追问那个男孩，因为我知道他是拿不出来的。大家在嘲笑了他之后，就会问我要操场一般大的玩具火车。我和那个男孩忐忑不安，彼此都没说什么。只是一整天都是我俩在一起玩。幸好那天很平静，没有一个小朋友提起过这件事。

我小小的心提在喉咙口很久，我怕哪个记性好的小朋友突然想起来。但是日子一天天平安地过去了，大家都遗忘了，以后再说起玩具的时候，我吓得要死，但并没有人说火车的事。

真正把心放下来是从幼儿园毕业的那天。当我离开朝夕相处的老师和小朋友的时候，当然也有点恋恋不舍，但主要是像鸟一样地轻松了，我再也不用为那列子虚乌有的火车操心了。

这是我有记忆以来最清晰的一次说谎，它给我心理上造成的沉重负担，简直是一项童年之最。在漫长的岁月里我无数次地反思，总结出几条教训。

一是撒谎其实不值得。图了一时的快活，遭了长期的苦痛，占小便宜吃大亏。不到万不得已，不要说谎。

二是说谎很普遍。且不说那个男孩显然在说谎，就是其他的小朋友也经常浸泡在谎言之中。证据就是他们并不追问我大火车的下落了。小孩的记性其实极好，他们不问并不是忘了，而是觉得此事没指望了。也就是说，他们知道这是一个骗局。他们之所以能看清真相，是因为感同身受。

三是说谎是一门学问，需要好好研究，主要是为了找出规律，知道什么时候可说谎，什么时候不可说谎，划一个严格的界限。附带的是要锻炼出一双能识谎言的眼睛，在苍茫人海中谨防受骗。

修炼多年，对于说谎的原则，我有了些许心得。

平素我是不说谎的，没有别的理由，只是因为怕累。人活在世上，真实的世界已经太多麻烦，再加上一个虚幻世界掺和在里面，岂不更乱了套？但在我的心灵深处，生长着一棵谎言三叶草。当它的每一片叶子都被我毫不犹豫地摘下来的时候，我就开始说谎了。

它的第一片叶子是善良。不要以为所有的谎言都是恶意的，善良更容易把我们载到谎言的彼岸。我当过许多年的医生，当那些身患绝症的病人殷殷地拉了我的手，眼巴巴地问："大夫，你说我还能治好吗？"我总是毫不踌躇地回答："能治好！"我甚至不觉得这是谎言。它是我和病人心中共同的希望，在不远的微明处闪着光。当事情没有糟到一塌糊涂的时候，善良的谎言也是支撑我们前进的动力啊！

三叶草的第二片叶子是此谎言没有险恶的后果，更像是一个诙谐的玩笑或是温婉的借口。比如文学界的朋友聚会是一般人眼中高雅的所在，但我多半是不感兴趣的。我对未知的事物充满了兴趣，很愿意同普通的工人、农民或是哪一行当的专家待在一起，听他们讲我不知道的故事，至于作家聚在一起要说些什么，我大概是有数的，不听也罢。但人家邀了你是好意，断然拒绝不但不礼貌，也是一种骄傲的表现，和我的本意相差太远。这时候，除了极好的老师和朋友的聚会我会兴高采烈地奔去，此外一般都是找一个借口推托了。比如我说正在写东西，或是已经有了约会……总之，让自己和别人都有台阶下。这算不算撒谎？好像要算的。但它结了一个甜甜的果子，维护了双方的面子，挺好的一件事。

　　第三片叶子是我为自己规定的，谎言可以为维护自尊心而说。我们常常会做错事。错误并没有什么了不起，改过来就是了。但因了错误在众人面前伤了自尊心，就由外伤变成了内伤，不是一时半会儿治得好的。我并不是包庇自己的错误，我会在没有人的暗夜深深检讨自己的问题。但我不愿在众目睽睽之下，把自己像次品一般展览。也许每个人对自尊的感受阈不同，但大多数人在这个问题上都很敏感。想当年，一个聪敏的小男孩打碎了姑姑家的花瓶没有承认，也是怕自己太丢面子了。既然革命导师都会有这种顾虑，我们自然也可原谅自己。为了自尊，我们可以说谎，同样为了自尊，我们不可将谎言维持得太久。因为真正的自尊是建立在不断完善自己的基础上的，谎言只不过是暂时的烟雾。它为我们争取来了时间，我们要在烟雾还没有消散的时候，把自己整旧如新。假如沉迷于自造的虚幻，烟雾消散之时，现实将更加窘急。

随着年龄的增长，心田里的谎言三叶草渐渐凋零。我有的时候还会说谎，但频率减少了许多。究其原因，我想，谎言有时表达了一种愿望，折射出我们对事实朦胧的希望。生命的年轮一圈圈增加，世界的本来面目像琥珀中的甲虫越发纤毫毕现，需要我们更勇敢地凝视它。我已知觉人生的第一要素不是善，而是真。我已不惧怕残酷的真相，对过失可能的恶劣的后果有了兵来将挡、水来土掩的勇气。甚至对于自尊也变得有韧性多了。自尊，便是自己尊重自己，只要你自己不倒，别人可以把你按倒在地上，却不能阻止你满面尘土、遍体伤痕地站起来。

有的人总是说谎，那不是谎言三叶草的问题，简直是荒谬的茅草地了。对这种人，我并不因为自己也说过谎而谅解他们，偶尔一说和家常便饭地说，还是有原则上的区别的。

中国有句古话，叫作"人之将死，其言也善"。我觉得这个"善"字就是真实的意思。也就是说，人到临死的时候就不说谎了。

但这个省悟，似乎来得太晚了一点。

活着而不说谎，当是人生的大境界。

名师赏析

"谁要说自己不说谎，这就是一个彻头彻尾的谎言。"文章以逻辑性的幽默句子开头，奠定文章的基调。

作者追忆了幼儿园说谎的趣事，让人会心一笑。这样的小事，作者却无数次反思并总结出教训：说谎不值得，说谎很普遍，说谎是值得研究的学问。作者紧接着以三叶草的叶子为喻，分享了自己说谎的理由：为善良说谎，为开诙谐的玩笑或找温婉的借口说谎，为维护自尊心说谎。但即使是这样有着正当理由的谎言，也在渐渐凋零，因为作者认识到：人生的第一要素，是真。作者提醒我们，要早点醒悟。

　　清晰的行文，环环相扣的故事，有趣又深刻的句子，吸引着读者阅读，这样的文质兼美的散文，要在反复阅读中体悟。

非血之爱

爱，有无数种分类法。我以为最简明的是——以血为界。

一种是血缘之爱，比如母亲之爱亲子，儿子之爱父亲，扩展至子孙爱姥姥姥爷爷爷奶奶，亲属爱表兄表弟堂姐堂妹……甚至爱先人爱祖宗，都属于这个范畴。

还有一种爱在血外，姑且称为——非血之爱。比如爱朋友，爱长官，爱下属，爱动物……最典型的是爱自己的配偶。

血缘之爱是无法选择的，你可以不爱，却不可能把某个成员从这条红链中剔除。一脉血缘在你诞生之前许久，已经苍老地盘绕在那里，贯穿悠悠岁月。血缘之爱既至高无上又无与伦比的沉重，也充满天然的机缘和命定的随意。它的基础十分简单，一种名叫"基因"的小密码，按照数学的规律递减着，稀释着，组合着，叠加着，遂成为世界上最神圣最博大的爱的基石。

非血之爱则要奇诡神秘得多。你我原本河海隔绝，天各一方，在某一个瞬间，突然结成一体，从此生死相依，难道不是人世间最司空见惯又最不可思议的偶然吗？无数神鬼莫测的巧合混杂其中，爱与恨泥沙俱下无以澄清。激情在其中孕育，伟大与卑微交织错落。精神与人格，在血之外的湖泊中遨游，搅起滔天雪浪，演出无数悲欢离合的故事……爱恋的光谱，比最复杂的银河外星系轨道，还难以预计。

血缘之爱使我们感知人间最初的温暖与光明，督我们成长，教我们成人。它是孤独人生与大千世界的脐带，攀缘着它，我们一步步长大，最终挣脱它的羁绊，投入血外之爱。然后我们又回归，开始血缘之爱新的轮回。

血缘之爱是水天一色的淳厚绵长，非血之爱更多一见钟情的碰撞和千折百回的激荡。

血缘之爱有红色缆绳指引，有惊无险，经历误会顿挫，多能化险为夷，曲径通幽。非血之爱全凭暗中摸索，更需心灵与胆魄烛照，在苍莽荒原中，辟出人生携手共进的小径。非血的爱，使每个人思考与成长，比之循规蹈矩的血缘，更考验一个人的心智。

爱一个和你有血缘关系的人，是一种本能，一种幸福，一种责任，一种对天地造化的缠绵呼应。

爱一个和你没有血缘关系的人，是一种需要，一种渴望，一种智慧，一种对美与永恒的无倦追索。

我们一生，屡屡在血与非血的爱中沐浴，因此而成长。

名师赏析

爱，是亘古的话题，是微妙的情感，难以言说。作者巧妙地以血为界，将爱分为两类——血缘之爱与非血之爱，两种爱对比论述，言之有物，隽永深刻。

作者仿照"血缘之爱"，临时造出"非血之爱"这一词语，这是运用了仿拟的修辞。这不仅节约了笔墨，更使得文章语言风趣，形式活泼，让人耳目一新。

　　全文以对比展开论证，说理清晰而深刻。血缘之爱是神圣博大的，非血之爱是奇诡神秘的；血缘之爱醇厚，非血之爱激荡；血缘之爱有缆绳指引，非血之爱需暗中摸索；爱有血缘关系的人，是一种本能，爱没血缘关系的人，需要智慧。两种爱分别是怎样的？有怎样的特点？怎样对待这两种爱？这些问题在对比中愈发清晰，让人印象深刻，让人信服。

　　读懂此文，读者可更好地对待这两种爱。正如作者所说，在血与非血的爱中沐浴，因此而成长！

海明威的最后一分钱

　　基纬斯特是美国本土最南端的一个小岛。东西长约 5.5 公里，南北宽约 2.5 公里，像一只胖而舒适的卧蚕，睡在蔚蓝的海中。战争年代，由于基纬斯特独特的地理位置，这里是兵家必争之地。

　　我选择到基纬斯特一游，不是因为战争。或者说，也是因为战争——一位擅长描写战争的伟大作家曾在这里生活过，他就是欧内斯特·海明威。

　　半个多世纪以前，名声初起的海明威，厌倦了大城市的繁华生活，想换换口味。小说家约翰·帕索斯向他推荐了佛罗里达州的小岛基纬斯特。这个岛，距离美国大陆比距离古巴还要远。地处墨西哥湾和大西洋交汇的水域，岛上长满了红树林、棕榈、胡椒、椰子、番石榴……天空飞翔着蓝色和白色的海鸟，云彩堆积着，巍峨得好像奇异的山峦。海水由于深邃和清澈，变得近乎紫色，赤红色的水母遨游着，和天边的霞光呼应，构成了诡谲的光柱。岛上居住着西班牙和古巴的渔民，是早年捕鲸人的后代，民风淳朴。海明威欣喜若狂地说："这是我到过的地方中最好的一个。我一点也不留恋大城市的生活。纽约的作家，那都是装在一个瓶子里面的蚯蚓，挤在一起，从彼此的接触中吸取知识和营养，我想躲开他们。"

　　这基纬斯特岛的确非常美丽，让人沉醉而迷惑。但我想不通，在如此妖媚的阳光下，海明威哪里来的心境，描写流血的战争？我有个不登大雅之堂的心得，总觉得作品是某种地理时空的产物，就像野菊花是旷野和秋天的合谋。可能为了迅速纠正我的谬误，夜里，就让我见识到了一场加勒比海骇人的风暴。暴烈的阴云和能够置人于死地的狂雨，让我明白了，这里的天空和海洋，可以比拟任何战争与和平。

　　海明威在这个小岛上，写下了《永别了，武器》《午后之死》《胜利者无所获》《非洲青山》《有的和没有的》《第五纵队》《西班牙的土地》以及《丧钟为谁而鸣》的一部分……这些小说，凿成一级级花岗石阶梯，送海明威到达了不朽的山巅。

　　海明威来到基纬斯特定居以后，先是住在西蒙通街，后来搬到了怀特理德街 907 号，现在对游人开放的就是 907 号故居。它坐落在一条短短的安静的小街上，回想半个多世纪以前，这里一定更为清冷。高大的庭院，一栋白色的两层楼房。绿得不可思议的树和曲折的小径。走进故居，首先接触到的是无数只猫以豹子般勇猛的身姿，在你脚下乱箭般窜动。这可能是世界上最无人管教的家猫了。还有一些猫不成体统地睡在小径的中央，袒胸露乳放荡不羁。刚开始我几乎以为它们是死猫，它们委实睡得太沉醉了。别看这些猫其貌不扬 (以我有限的知识，觉得它们是一些平凡的猫，绝无名贵之种)，但它们的血统直接来自海明威当年豢养过的猫，个个是正牌后裔。它们气定神闲为所欲为，赋予海明威故居以勃勃生机。它们是大智若愚的，对所有的访客不屑一顾，心知肚明自己的祖上，才是这厢真正的主人。

我在海明威的故居内轻轻地呼吸。

这套房子是海明威的第二任妻子波琳的叔父于1931年送给波琳的礼物，海明威在这里生活了8年。原先是座西班牙风格的古典建筑，年久失修，门槛腐朽，墙皮脱落，房顶和窗户也有很多破损。海明威着手组织工匠把房子从里到外来了个大改造。这不是项小工程，尤其是设计方案，有很多是海明威自己完成的。

现在看起来，这是一套舒适而井然有序的房子。我原来以为海明威的写作间是阔大的，按照房屋的规模与格局，他完全有能力为自己做这样的安排。室内的陈设，估计很可能是凌乱的。但是，不。我错了。工作间异常整洁，面积也不算很大。铺着黄色的木质地板，齐胸高的白色书架靠在墙边，古典的西班牙式的圆形写字台摆在地中央，阳光充足得让人想打喷嚏。在介绍海明威的书籍里，写着海明威习惯站着写作，他常常把打字机放在书架的最上一层。但在海明威的故居中，我看到的打字机还是规规矩矩地放在写字台上。

海明威还有一个我觉得女性化的小习惯，就是爱收藏小动物的玩具。比如铁乌龟，背后插着钥匙的玩具熊，小猴子和长颈鹿造型的小工艺品……我在一些名人故居看到的经常是名贵的收藏品，显示着主人的身份。但是，海明威不是这样的，他让人看到的是一个大作家的率性和真实。

让我特别留下印象的——是海明威孩子的卧室，地砖的颜色如同韭黄般鲜嫩。解说员告知，这间房屋的设计，是海明威亲自完成的。铺地的材料，是海明威专门从法国定购来的。

我偷偷笑笑。平心而论，和整套住宅华贵精致的风格相比，海明威为自己的孩子所设计的卧室，谈不上出色。不敬地说，甚至有支离破碎的堆砌之感。但我想，他一定是倾注了极大的爱心，单是把那些颜色暖亮得如同咸鸭蛋黄的瓷砖，颠沛流离地运到这个小岛上来，就让人的心情从感动演化成嫉妒。不是嫉妒海明威的富有，而是嫉妒那孩子所得到的眷爱。

海明威的庭院里，有一座露天游泳池。出门就是天然浴场的岛屿，从咸水的怀抱里掬出一座淡水游泳池，即使在今天，也是奢侈。更不消说，海明威是在半个世纪以前，一举完成此项工程。那时，这颗淡绿色的葡萄，是整座岛上的惟一。

在更衣室和游泳池之间的水泥地上，有一块灰暗的玻璃，落满了尘土。解说员将浮尘拭去，让游客看到一分硬币镶嵌在水泥中央。由于年代的久远，币面显出苍老的棕绿。这就是那著名的一分钱了。在观光手册上写着："海明威曾用了两万美金修建这座全岛惟一的淡水游泳池。他说过，要用尽最后一分钱来建造。他做到了，于是在完工的时候，他就把自己的最后一分钱，镶嵌在了水泥地上。"

浪漫而奢华的故事。海明威一掷千金为博红颜一笑，有点帅哥的味道。我却多少有些不明白。既然是求奢华享受，就不要这样捉襟见肘。就算捉襟见肘，也不要公告天下。就算要公告天下，也要做得好看一些。这枚锈绿的硬币，歪斜着，尴尬着，好像一张肿了的苦脸。

我把自己的想法对解说员谈了。那是一个被热带阳光晒出一身麦黄肤色的青年。他说，自己祖居基纬斯特，对海明威很了解。

那一分钱的真相是这样的。他陷入了沉思。

海明威的妻子波琳执意要建造岛上第一座淡水游泳池。在她，这不但是一种享受，更是一种地位和财富的象征。海明威出于爱，答应了这个请求。家中当时并非富有，两万美金不是一个小数目，海明威抖空了钱袋的缝隙。施工很混乱，预算一再突破。有一程，几乎要半途而废。海明威殚精竭虑，把最后一分钱都榨了出来，才艰难地完成了这座划时代的游泳池。为了表达这份艰窘和来之不易，海明威把一枚硬币，镶嵌在这里。

海水拍打着珊瑚礁。往事已经湮灭在不息的浪花之中。我不知道在众多的海明威传记当中，还有没有更权威更确切的说法，关于这一分钱，关于这个来之不易的游泳池。

从故居走出，我们在海明威生前最爱去的那家酒吧，点了一种海明威最爱喝的酒。慢慢呷着。我想，我愿意相信解说员的解释。因为他那麦黄色的皮肤，是一个强有力的注脚。从依然明亮的瓷砖到早已暗淡的游泳池，我在那座葱绿的院子里，除了记住了海明威旷世的才华，还感受着他的率真和独特的个性。

名师赏析

本文是一篇游记，作者以游览海明威故居的所见、所闻、所感为线索行文，清晰地为读者介绍了海明威故居的景色，介绍了海明威个性的率真与独特。

本文详略安排巧妙。猫本是世界各地随处可见的生灵，作者却详写了海明威故居的猫，正是因为"它们气定神闲为所欲为，赋予海明威故居以勃勃生机"。故居的书房、小玩具、孩子卧室，作者都着墨不少，借这些事物，追忆着海明威的写作，追忆着海明威作为大作家的率性和真实，追忆着海明威对孩子的眷爱。作者着墨最多的，是庭院里奢侈的泳池，作者以"淡绿色的葡萄"为喻，描绘出泳池梦幻般的美，但作者更在意的，是水泥上镶嵌的一分钱，是关于一分钱的浪漫而奢华的故事，及故事背后率真的海明威。

文章的结尾，作者走进海明威生前最爱去的酒吧，呷着酒回味"记住了海明威旷世的才华，还感受着他的率真和独特的个性"，既呼应前文，点明主旨，又让人回味无穷。

天使和魔鬼的数量

一天，突然想就天使和魔鬼的数量，做一番民意测验。先问一个小男孩儿，你说是天使多啊还是魔鬼多？孩子想了想说，天使是那种长着翅膀的小飞人，魔鬼是青面獠牙要下油锅炸的那种吗？我想他脑子中的印象，可能有些中西合璧，天使是外籍的，魔鬼却好像是国产。纠正说，天使就是好神仙，很美丽。魔鬼就是恶魔王，很丑的那种。简单点讲，就是好的和坏的法力无边的人。

小男孩儿严肃地沉默了一会儿，说，我想还是魔鬼多。

我穷追不舍问，各有多少呢？

孩子回答，我想，有 100 个魔鬼，才会有一个天使。

于是我知道了，在孩子的眼中，魔和仙的比例是一百比一。

又去问成年的女人。她们说，婴孩生下的时候，都是天使啊。人一天天长大，就是向魔鬼的路上走。魔鬼的坯子在男人里含量更高，魔性就像胡子，随着年纪一天天浓重。中年男人身上，几乎都能找到魔鬼的成分。到了老年，有的人会渐渐善良起来，恢复一点天使的味道。只不过那是一种老天使了，衰老得没有力量的天使。

我又问，你以为魔鬼和天使的数量各有多少呢？

女人们说，要是按时间计算，大约遇到 10 次魔鬼，才会出现一次天使。天使绝不会太多的。天使聚集的地方，就是天堂了。你看我们周围的世界，像是天堂的模样吗？

在这铁的逻辑面前，我无言以对，只有沉默。于是去问男人，就是被女人称为魔性最盛的那种壮年男子。他们很爽快地回答，天使吗，多为小孩和女人，全是没有能力的细弱种类，缥缈加上无知。像蚌壳里面的透明软脂，味道鲜美但不堪一击。世界绝不可能都由天使组成，太甜腻太懦弱了。魔鬼一般都是雄性，虽然看起来丑陋，但腾云驾雾，肌力矫健。掌指间呼风唤雨，能量很大。

我说，数量呢？按你的估计，天使和魔鬼，各占世界的多少份额？

男人微笑着说，数量其实是没有用的。要看质量。一个魔鬼，可以让一打天使哭泣。

我固执地问下去，数量加质量，总有个综合指数吧？现在几乎一切都可用数字表示，从人体的曲线到原子弹的当量。

男人果决地说，世上肯定有许多天使，但在最终的综合实力上，魔鬼是"1"，天使是"0"。当然，"0"也是一种存在，只不过当它孤立于世的时候，什么也没有，什么也不是。不代表任一，不象征实体。留下的，惟有惨淡和虚无。无论多少个零叠加，都无济于事。圈环相套，徒然擦起一口美丽的黑井，里面蛰伏着天使不再飘逸的裙裾和生满红锈的爱情弓箭。但如果有了"1"挂帅，情境就大不一样了。魔鬼是一匹马，使整个世界向前，天使只是华丽的车轮，它无法开道，只有辚辚地跟随其后，用模糊的车辙掩盖跋涉的马蹄印。后来的人们，指着渐渐淡去的轮痕说，看！这就是历史。

我从这人嘴里，听到了关于天使和魔鬼最悬殊的比例，零和无穷大。

我最后问的是一位老年人。他慈祥地说，世上原是没有什么魔鬼和天使之分的。它们是人幻想出来的善和恶的化身。它们的家，就是我们的心。智者早已给过答复，人啊人，一半是天使，一半是魔鬼。

我说，那指的是在某一刻在某一个人身上。我想问的是古往今来，宏观地看，人群中究竟是魔鬼多，还是天使多？假如把所有的人用机器粉碎，离心沉淀，以滤纸过滤，被仪器分离，将那善的因子塑成天使，将那恶的渣滓捏成魔鬼，每一品种都纯正地道，制作精良。将它们壁垒分明地重新排起队来，您以为哪一支队伍蜿蜒得更长？

老人不看我，以老年人的睿智坚定地重复，一半是天使，一半是魔鬼。

不管怎么说，这是在我所有征集的答案里，对天使数目最乐观的估计——二一添作五。

我又去查书，想看看前人对此问题的分析判断。恕我孤陋寡闻，只找到了外国的资料，也许因为"天使"这个词，原本就是舶来的。

最早的记录见于公元4世纪，基督教先哲、亚历山大城主教、阿里乌斯教派的反对者圣阿塔纳西曾说过："空中到处都是魔鬼。"与他同时代的圣马卡里奥称魔鬼"多如黄蜂"。

1467年，阿方索·德·斯皮纳认为当时的魔鬼总数为133316666亿名（多么精确！魔鬼的户籍警察真是负责）。

100 年以后，也就是 16 世纪中叶，约翰·韦耶尔认为魔鬼的数字没有那么多，魔鬼共有 666 群，每群 6666 个魔鬼，由 66 位魔王统治，共有 400 多万名。

随着中世纪蒙昧时代的结束，关于魔鬼的具体统计数目，就湮灭在科学的霞光里，不再见诸书籍。

那么天使呢？在魔鬼横行的时代，天使人口是多少？这是问题的关键。

据有关记载，魔鬼数目最鼎盛的 15 世纪，达到 1.3 亿时，天使的数目是整整 4 亿！

我在这数字面前叹息。

人类的历史上，由于知识的蒙昧和神化的想象，曾经在传说中勾勒了无数魔鬼和天使的故事，在迷蒙的臆想中，在贫瘠的物质中，在大自然威力的震慑中，在荒诞和幻想中，天使和魔鬼生息繁衍着，生死搏斗着，留下无数可歌可泣的故事。祖先是幼稚的，也是真诚的。他们对世界的基本判断，仍使今天的我们感到震惊。即使是魔鬼最兴旺发达的时期，天使的人数也是魔鬼的 3 倍。也就是说，哪怕在最黑暗的日子里，天使依旧占据了这个世界的压倒多数。

当我把魔鬼和天使的统计数据，告诉他人的时候，不知为什么，许多人显出若有所失的样子，疑惑地问，天使，真的曾有 75% 那么多吗？

我反问道，那你以为天使应该有多少名呢？

他们回答，一直以为世上的魔鬼，肯定要比天使多得多！

为什么我们已习惯撞到魔鬼？为什么普遍认为天使无力？为什么越是对世界一无所知的孩童，越把魔鬼想象为无敌？为什么女人害怕魔鬼，男人乐以魔鬼自居？为什么老境将至时，会在估价中渐渐增加天使的数量？为什么当科学昌明，人类从未有过的强大以后，知道了世上本无魔鬼和天使，反倒在善与恶的问题上，大踏步地倒退，丧失了对世界美好事物的向往与依赖？

魔鬼的力气、智慧、出现的频率和它们掌握的符咒，以及一切威力无穷的魑魅魍魉手段，整合在一起，我相信那一定是天文规模的数字。但人类没有理由悲观，要永远相信天使的力量。哪怕是单兵教练的时候，一名天使打败不了一个魔鬼，但请不要忘记，天使的数目，比起魔鬼来占了压倒优势，团结就是力量。如果说普通人的团结都可点土成金，天使们的合力，一定更具有斗转星移的神功。

感谢祖上遗留给我们宝贵遗产，天使的基数比魔鬼多。推断下来，天使的力量与日俱增，也一定比魔鬼强大，这种优势，哪怕是只多出一个百分点，也是签发给人类光明与快乐的保证书。反过来说，魔鬼在历史的进程中，也必定是一直居着下风。否则的话，假如魔鬼多于天使，加上不搞计划生育，它们苔藓一样蔓延，摩肩接踵，群魔乱舞，人间早成地狱。

人类一天天前进着，这就是天使曾经胜利和继续胜利的可靠证据。

更不消说，天使有时只需一个微笑，就会让整座魔鬼的宫殿坍塌。

名师赏析

　　本文的语言优美、凝练，蕴含深刻的哲理，给人思想的启迪。

　　文章探讨的是善与恶，是好人与坏人，但如果直接探讨，难免失之枯燥、平淡。作者以天使与魔鬼的对比说理，增加了文章的魔幻感、神秘感，吸引着读者的阅读与探究。作者设置了与孩子、女人、男人、老人的四组对话，内容、形式各有不同，用巧妙的比喻、华丽的辞藻分别展现了他们对世间善恶的认知。文章后半部分文风一转，朴实、严谨起来，以大量的引用证明：哪怕在最黑暗的日子里，天使依旧占据了这个世界的压倒性多数。作者紧接着用一系列的追问引人深思，用历史发展的进程从正反两面论证，"天使曾经胜利，也在继续胜利"，让人信服。

　　"天使有时只需一个微笑，就会让整座魔鬼的宫殿坍塌。"这样的结尾浪漫而有诗意，昭示着作者内心对善的力量的坚信，也给读者以信心与勇气。坚信吧，这个世界是美好的。

白兰瓜

听说我要西行，所有的朋友第一个反应都是："你可以吃到白兰瓜了！"

北京的街头也常见到白兰瓜，并不白，像个磕碰过的篮球，也不甜，带有青草的气息。不过，这并不影响我对白兰瓜的仰慕希冀之情。城市是个坏地方，能让所有带有乡土气息的东西走味。

兰州果真是白兰瓜的大本营，十步之内，必有瓜阵，白的如同一张张女儿面，黄的像金牌一样灿烂。据说，黄色的白兰瓜叫"黄河蜜"，是改良品种。我们馋馋地想：黄出于白而胜于白，想必更甜。

西北人出手大方，刚住下就给每人发三个白兰瓜。堆在一处，俨然一座瓜山。

"先杀哪一个？"大家摩拳擦掌。

"一样宰一个吧！"

刀锋倾斜着刺入，浓郁的香气沿着刀柄湍湍流出，光凭味道就知道同北京的赝品不同。每人抢一块，吞进嘴里，像喝粥似的往下咽。

向导笑眯眯地看看大家的贪婪，很为家乡的特产自豪。西北方言形容这种吃的局面，叫作："吃了一个不言传！"

终于有人言传了："闹了半天，白兰瓜也不过如此嘛！"

"比黄瓜也强不到哪儿去！真是空有其名！"更多的人附和。

向导的脸色难看了，忙解释："今年雨水多……"

平心而论，白兰瓜真是盛名之下，其实难副，闻着还可以，尝尝却不甜。

白兰瓜原籍美国。1944年，美国土壤学家和水土保持专家罗德民趁美国副总统访问兰州的机会，托他把"蜜露"甜瓜种带到中国。"蜜露"移居中国后，改名"白兰"，现在已成为甘肃特产。

一路西行，哪里都要款待白兰瓜。刚开始还总想给白兰瓜恢复名誉的机会，心想兰州的瓜不甜，别处的可能甜，然而总是失望，哪儿的白兰瓜都不甜。以后，就连尝的兴趣也没有了，除非渴极了，拿它顶水喝。

辜负了我的信任与渴望的白兰瓜啊！

"到嘉峪关就有好瓜吃了，那儿正在举办瓜节。"向导为大家打气，他总想给家乡的瓜正名。

只知道嘉峪关是长城的一端，不知道它还是瓜的盛市。西北各省市的瓜，像陨石雨似的降落在小城，满载的瓜车还在源源不断地涌入。前面一个急转弯，几个硕大的甜瓜被车甩了下来，摔碎的瓜把香气像手榴弹似的烟雾塞满街道。真担心这么多瓜，吃不完可怎么办！

瓜节隆重开幕了。白兰瓜形状的氢气球飘浮在碧蓝的天空，远处是银箔似的祁连雪峰。孩子们头上戴着白兰瓜形的帽子，街上的社火队打扮成瓜的模样……真是一个瓜的世界。

张老作为瓜节贵宾，被邀上主席台。美丽的迎宾小姐敬上一个扎着红缎带的白兰瓜。好像瓜也有精灵，像东北的人参娃娃似的，不系住就会跑掉。散会后，我赶忙跳进张老的房间，想先尝为快。别处的瓜不甜，瓜节上的瓜王还能不甜吗？没想到，张老摊着两手说："忘了把瓜带回来了！"

唉！于是想，美丽的迎宾小姐也许会把瓜送来。痴等了许久，才想到女孩并不知道瓜是谁丢的，况且这里的瓜极多，人们并不会格外珍重这个瓜的。

没有吃到瓜王，其他的瓜也仍旧不甜。向导为了给白兰瓜平反，一个个地杀，狼藉一片。我们忙说："挺甜，这个就不错，别杀了。"他拈起一块尝尝，说："怎么瓜节上的瓜也不甜？不要紧，到了安西，就能吃到好瓜了。"

过安西时，正是午后沙漠上最热最寂寞的时光。黑蓝色的柏油路蛇蜕似的蜿蜒着，天空中弥漫着看不见却无处不在的尘埃，仿佛一杯混浊的溶液。太阳在空中发出幽蓝色的光，却丝毫不减其炙烤大地的威力。铁壳面包车成了真正的面包炉。我们关上车窗，是令人窒息的闷热，打开车窗，火焰般的漠风旋涡般地卷来。口唇皲裂，眼球粗糙地在眼眶里转动，全身像烤鱼片似的干燥无力。

突然，在大漠与公路相切的边缘，出现了一个木乃伊似的老人。地上铺一块羊皮，上面孤零零地垛着一小堆瓜。他出现得那样突兀，完全没有从小黑点到人形轮廓这样一个显示过程，仿佛被一只巨手眨眼间贴到苍黄的背景上。也许是因为他同大漠的色泽太一致了。

司机停下车说："就买他的瓜吧！"

"瓜甜吗？"我们习惯地问。卖瓜的人没有说瓜不甜的，但老人慢吞吞地回答："这里是安西呀！"

安西的瓜就一定甜吗？安西就是白兰瓜的免检合格证吗？国优部优产品还有假的呢，世界上徒有虚名的事太多了！

因为别无选择，我们买了老汉的瓜，记得狠狠砍了砍价。老人树根一样的脸上没有表情，算是同意了。极便宜的价钱。

车上地方窄，又颠簸。到了远离安西的地方，我们才停车吃瓜。安西的白兰瓜外观上毫无特色，第一口抿到嘴里，竟然是咸的！

过了片刻，才分辨出那其实不是咸，而是一种浓烈的甜。

甜到极处便是蜇人的痛，嘴角、舌尖都甜得麻酥酥的，仿佛被胶粘住了。抓过瓜缘的手指，指间仿佛长出青蛙一样的蹼，撕扯不开。手背上瓜汁淌过的地方，留下一道透明的痕迹，仿佛一只流涎的蜗牛爬过，舔一舔，又是那种蜂蜜般的甜。

真不知如此苦旱贫瘠的安西怎么孕育出如此甘甜多汁的白兰瓜。

安西古称瓜州。总觉得古代人很会起地名，比如武威，原来叫凉州，透着荒远僻地的苍凉。张掖叫作甘州，有一种安宁平和的感觉。安西地处荒沙，日照极强，非常适宜种瓜，自古以来，以瓜闻名天下，故称瓜州。

美国的良种甜瓜"蜜露"移民到了中国，在安西扎下根来，比在老家长得还要好，白兰瓜的盛名，其实是靠瓜州的瓜打的天下。

也许，白兰瓜要正名为"安西瓜"才更符合历史的真实。

我也想过，是否因为那天的极度干渴才使这沙漠之中的瓜显得格外甘甜。后来遇到过几次同样的情形，才知道唯有安西的瓜无与伦比。

想想这瓜，很有感触。它原本来自大洋彼岸，却在这块古老贫瘠的土地上繁衍得如此昌盛。它入乡随俗，褪去了娇滴滴的洋名字，也不计较人们以讹传讹地称它白兰瓜，寂寞然而顽强地在沙漠之中生长着，以自己甘饴如蜜的汁液濡润着焦渴的旅人。

啊！瓜州的瓜啊！什么叫特产，什么叫真谛，它只限于窄小的区域。好比一个石子丢入湖中，涟漪可以扩散得很远，但要找到石子，必须潜入那最初的所在。

蓝色太阳下的沙漠老人，教给我这个道理。

 **名师赏析**

本文层层铺垫，步步蓄势，充满着对生命的热爱之情，给人以深深的启迪。

本文是一篇游记，以作者一次出行西北的所见所感来状物言理。"白兰瓜"既是文章的写作对象，又是布局谋篇的线索。作者由名扬天下的白兰瓜入手，写她从北京到兰州再到嘉峪关一路西行，吃了好多白兰瓜，但总觉得瓜味不够浓郁，直到在环境恶劣的安西路边才尝到真正的白兰瓜。作者借此告诉我们：生活中有很多事情会被误传，我们要深入事实才能发现真理。这个道理对认识当下社会有很强的现实意义，有很多事实在流传中发生变化，但这些变化并不能改变事物本质。

泥沙俱下地生活

有年轻人问，对生活，你有没有产生过厌倦的情绪？

说心里话，我是一个从本质上对生命持悲观态度的人，但对生活，基本上没产生过厌倦情绪。这好像是矛盾的两极，骨子里其实相通。也许因为青年时代，在对世界的感知还混混沌沌的时候，我就毫无准备地抵达了海拔五千米的藏北高原。猝不及防中，灵魂经历了大的恐惧、大的悲哀。平定之后，也就有了对一般厌倦的定力。面对穷凶极恶的高寒缺氧、无穷无尽的冰川雪岭，你无法抗拒人是多么渺小、生命是多么孤单这副铁枷。你有一千种可能性会死，比如雪崩，比如坠崖，比如高原肺水肿，比如急性心力衰竭，比如战死疆场，比如车祸枪伤……但你却在苦难的夹缝当中，仍然完整地活着。而且，只要你不打算立即结束自己，就得继续活下去。愁云惨淡畏畏缩缩的是活，昂扬快乐兴致勃勃的也是活。我盘算了一下，权衡利弊，觉得还是取后种活法比较适宜。不单是自我感觉稍愉快，而且让他人（起码是父母）也较为安宁。就像得过了剧烈的水痘，对类似的疾病就有了抗体，从那以后，一般的颓丧就无法击倒我了。我明白日常生活的核心，其实是如何善待每人仅此一次的生命。如果你珍惜生命，就不必因为小的苦恼而厌倦生活。因为泥沙俱下并不完美的生活，正是组成宝贵生命的原材料。

他又问，你对自己的才能有没有过怀疑或是绝望？

我是一个"泛才能论"者，即认为每个人都必有自己独特的才能，赞成李白所说的"天生我材必有用"。只是这才能到底是什么，没人事先向我们交底，大家都蒙在鼓里。本人不一定清楚，家人朋友也未必明晰，全靠仔细寻找加上运气。有的人可能一下子就找到了；有的人费时一世一生；还有的人，干脆终生在暗中摸索，不得所终。飞速发展的现代科技，为我们提供了越来越多施展才能的领域。例如，爱好音乐，爱好写作……都是比较传统的项目，热爱电脑，热爱基因工程……则是近若干年才开发出来的新领域。有时想，擅长操纵计算机的才能，以前必定悄悄存在着，但世上没这物件时，具有此类本领潜质的人，只好委屈地干着别的行当。他若是去学画画，技巧不一定高，就痛苦万分，觉得自己不成才。比尔·盖茨先生若是生长在唐朝，整个就算瞎了一代英雄。所以，寻找才能是一项相当艰巨重大的工程，切莫等闲视之。

人们通常把爱好当作才能，一般说来，两相符合的概率很高，但并不像克隆羊那样惟妙惟肖。爱好这个东西，有时候很能迷惑人。一门心思凭它引路，也会害人不浅。有时你爱的恰好是你所不具备特长的东西，就像病人热爱健康、矮个儿渴望长高一样。因为不具备，所以，就更爱得痴迷，九死不悔。我判断人对自己的才能，产生深度的怀疑以至绝望，多半产生于这种"爱好不当"的旋涡之中。因此，在大的怀疑和绝望之前，不妨先静下心来，冷静客观地分析一下，考察一下自己的才能，真正投影于何方。评估关头，最好先安稳地睡一觉，半夜时分醒来，万籁俱寂时，摈弃世俗和金钱的阴影，纯粹从人的天性出发，充满快乐地想一想。

为什么一定要强调充满快乐地去想呢？我以为，真正令才能充分发育的土壤，应该同时是我们分泌快乐的源泉。

他的最后一个问题是，你是怎样度过人生的低潮期的？

安静地等待。好好睡觉，像一只冬眠的熊。锻炼身体，坚信无论是承受更深的低潮或是迎接高潮，好的体魄都用得着。和知心的朋友谈天，基本上不发牢骚，主要是回忆快乐的时光。多读书，看一些传记。一来增长知识，顺带还可瞧瞧别人倒霉的时候是怎么挺过去的。趁机做家务，把平时忙碌顾不上的活儿都抓紧此时干完。

名师赏析

本文逻辑清晰，节奏明快，用饱含深情的笔触，书写对生命刻骨铭心的感悟和对生活始终不变的热爱。

作者以三个问题作引，分别引出对生活态度的见解，对自我认同的看法，对人生低潮期应对方法的思考。娓娓道来，似与读者促膝谈心，教给我们爱，也教给我们理性。面对残酷的世界阴暗面，面对低潮期，要善待生命，相信自己，快乐生活，安静等待。

第四辑　点亮心灵

心是一只美丽的小箱子

　　小时候上学，很惊奇以"心"为偏旁的字，怎么那么多？比如：念、想、意、忘、慈、感、愁、恩、恶、慰、慧……哈！一个庞大的家族。

　　除了这些安然地卧在底下的"心"以外，还有更多迫不及待站着的"心"。这就是那些带"竖心"旁的字，比如：忆、怀、快、怕、怪、恼、恨、惭、悄、惯、惜……原谅我就此打住，因为再举下去，实在有卖弄学问和抄字典的嫌疑。

　　从这些例证，可以想见当年老祖宗造字的时候，是多么重视"心"的作用，横着用了一番还嫌不过瘾，又把它立起来，再用一遭。

　　其实，从医学解剖的观点来看，心虽然极其重要，但它的主要工作，是负责把血液输送到人的全身，好像一台水泵，干的是机械方面的活，并不主管思维。汉字里把那么多情绪和智慧的感受，都堆到它身上，有点张冠李戴。

　　真正统率我们思想的，是大脑。人脑是一个很奇妙的器官。比如学者用"脑海"来描述它，就很有意思。一个脑壳才有多大？假若把它比成一个陶罐，至多装上三四个大"可乐"瓶子的水，也就满满当当了，如果是儿童，容量更有限，没准刚倒光几个易拉罐，就沿着罐子四溢出水来了。可是，不管是成人还是小孩的大脑，人们都把它形容成一个"海"，一个能容纳百川波涛汹涌的大海。这是为什么？

大脑是我们情感和智慧的大本营，它主宰着我们的思维和决策。它能记住许多东西，也能忘了许多东西。记住什么忘却什么，并不完全听从意志的指挥。比方明天老师要检查背诵默写一篇课文，你反复念了好多遍，就是记不住。就算好不容易记住了，到了课堂上一紧张，得，又忘得差不多了。你就是急得面红耳赤抓耳挠腮，也毫无办法。若是几个月后再问你，那更是云山雾罩一塌糊涂。可有些当时只是无意间看到听到的事情，比如路旁老奶奶一句夸奖的话，秋天庭院里一朵飘落的叶子，当时的印象很清淡，却不知被谁施了魔法，能像刀刻斧劈一般，永远留在我们记忆的年轮上。

我不知道科学家最近研究出了哪些关于记忆和遗忘的规则，反正以前是个谜。依我的大胆猜测，谜底其实也不太复杂。主管记住什么忘记什么的中枢，听从的是情感的指令。我们天生愿意保存那些美好、善良、友谊、勇敢的事件，不爱记着那些丑恶、虚伪、背叛、怯懦的片段。当然，这并不是说人应该篡改真相，文过饰非虚情假意瞎编一气，只是想说明我们的心，好像一只美丽的小箱子，容量有限。当它储存物品的时候，经过了严格的挑选，把那些引起我们忧愁和苦闷的往事，甩在了外面，保留的是亲情和友情。

我衷心希望每个人的小箱子里，都装满光明和友爱。

 **名师赏析**

　　本文观点明确，思考深入。全面精当地阐述了在美丽的"心箱"里，只保存那些美好、善良、友谊、勇敢，我们的每一天就都会生活在快乐的阳光里。

　　作者首先列举了很多以"心"为部首的字，说明老祖宗对"心"的重视。接着从医学解剖的观点来看，把情绪和智慧的感受都堆到心身上，是不正确的。真正统率思想的，是大脑。大脑主宰着我们的思维和决策。而后话锋一转，提出自己的观点：大脑善记，也健忘。记住什么忘却什么，是取决于心。心就像一只美丽的小箱子，当它储存物品的时候，经过了严格的挑选，把那些引起我们忧愁和苦闷的往事，甩在了外面，保留的是光明和友爱。

让我们倾听

　　我读心理学博士方向课程的时候，书写作业，其中有一篇是研究"倾听"。刚开始我想，这还不容易啊，人有两耳，只要不是先天失聪，落草就能听见动静。夜半时分，人睡着了，眼睛闭着，耳轮没有开关，一有月落乌啼，人就猛然惊醒，想不倾听都做不到。再者，我做内科医生多年，每天都要无数次地听病人倾倒满腔苦水，鼓膜都起茧子了。所以，倾听对我应不是问题。

　　查了资料，认真思考，才知差距多多。在"倾听"这门功课上，许多人不及格。如果谈话的人没有我们的学识高，我们就会虚与委蛇地听。如果谈话的人冗长繁琐，我们就会不客气地打断叙述。如果谈话的人言不及义，我们就会明显地露出厌倦的神色。如果谈话的人缺少真知灼见，我们就会讽刺挖苦，令他难堪……凡此种种，我都无数次地表演过，至今一想起来，无地自容。

　　世上的人，天然就掌握了倾听艺术的人，可说凤毛麟角。

　　不信，咱们来做一个试验。

　　你找一个好朋友，对他或她说，我现在同你讲我的心里话，你却不要认真听。你可以东张西望，你可以搔首弄姿，你也可以听音乐梳头发干一切你忽然想到的小事，你也可以王顾左右而言他……总之，你什么都可以做，就是不必听我说。

当你的朋友决定配合你以后，这个游戏就可以开始了。你必须要拣一件撕肝裂胆的痛事来说，越动感情越好，切不可潦草敷衍。

好了，你说吧……

我猜你说不了多长时间，最多 3 分钟，就会鸣金收兵。无论如何你也说不下去了。面对着一个对你的疾苦你的忧愁无动于衷的家伙，你再无兴趣敞开襟怀。不但你缄口了，而且你感到沮丧和愤怒。你觉得这个朋友愧对你的信任，太不够朋友。你决定以后和他渐疏渐远，你甚至怀疑认识这个人是不是一个错误……

你会说，不认真听别人讲话，会有这样严重的后果吗？我可以很负责地告诉你，正是如此。有很多我们丧失的机遇，有若干阴差阳错的讯息，有不少失之交臂的朋友，甚至各奔东西的恋人，那绝缘的起因，都是我们不曾学会倾听。

好了，这个令人不愉快的游戏我们就做到这里。下面，我们来做一个令人愉快的活动。

还是你和你的朋友。这一次，是你的朋友向你诉说刻骨铭心的往事。请你身体前倾，请你目光和煦。你屏息关注着他的眼神，你随着他的情感冲浪而起伏。如果他高兴，你也报以会心的微笑。如果他悲哀，你便陪伴着垂下眼帘。如果他落泪了，你温柔地递上纸巾。如果他久久地沉默，你也和他缄口走过……

非常简单。当他说完了，游戏就结束了。你可以问问他，在你这样倾听他的过程中，他感到了什么？

我猜，你的朋友会告诉你，你给了他尊重，给了他关爱。给他的孤独以抚慰，给他的无望以曙光。给他的快乐加倍，给他的哀伤减半。你是他最好的朋友之一，他会记得和你一道度过的难忘时光。

这就是倾听的魔力。

倾听的"倾"字，我原以为就是表示身体向前斜着，用肢体语言表示关爱与注重。翻查字典，其实不然，或者说仅仅作这样的理解是不够全面的。倾听，就是"用尽力量去听"。这里的"倾"字，类乎倾巢出动，类乎倾箱倒箧，类乎倾国倾城，类乎倾盆大雨……总之殚精竭虑毫无保留。

可能有点夸张和矫枉过正，但倾听的重要性我以为必须提到相当的高度来认识，这是一个人心理是否健康的重要标志之一。人活在世上，说和听是两件要务。说，主要是表达自己的思想情感和意识，每一个说话的人都希望别人能够听到自己的声音。听，就是接收他人描述内心想法，以达到沟通和交流的目的。听和说像是鲲鹏的两只翅膀，必须协调展开，才能直上九万里。

现代生活飞速地发展，人的一辈子，再不是蜷缩在一个小村或小镇，而是纵横驰骋漂洋过海。所接触的人，不再是几十一百，很可能成千上万。要在相对短暂的时间内，让别人听懂了你的话，让你听懂了别人的话，并且在两颗头脑之间产生碰撞，这就变成了心灵的艺术。

现今鼓励青年励志的书很多，教你怎样展现自我优点，怎样在第一时间给人一个好印象，怎样通过匪夷所思的面试，怎样追逐一见钟情的异性……都有不少绝招。有人就觉得人际交往是一个充满了技术的领域，可以靠掌握若干独门功夫就能翻云覆雨的领域。其实，享有好的人际关系，学会交流，听比说更重要。

从人的发展顺序来看，我们是先学着听。我之所以用了"学着"这个词，是指如果没有系统的学习，有的人可能终其一生，都没能学会如何"听"。他可以听到雪落的声音，可他感觉不到肃穆。他可以听到儿童的笑声，可他感受不到纯真。他可以听到旁人的哭泣，却体察不到他人的悲苦。他可以听到内心的呼唤，却不知怎样关爱灵魂。

从婴儿开始，我们就无意识地在听。听亲人的呼唤，听自然界的风雨，听远方的信息，听社会的约定俗成。这是一种模糊的天赋，是可以发扬光大也可以湮灭无闻的本能。有人练出了发达的听力，有人干脆闭目塞听。有很多描绘这种状态的词语，比如"充耳不闻""置若罔闻"……对"闻"还有歧视性的偏见，比如"百闻不如一见"。

听是需要学习的。它比"说"更重要。如果我们没有听到有关的信息，我们的"说"就是无的放矢。轻率的人，容易下车伊始就哇里哇啦地说，其实沉着安静地听，是人生的大境界。

只有认真地听，你才能对周围有更确切的感知，才能对历史有更深刻的把握，才能把他人的智慧集于己身，才能拓展自己的眼界和胸怀。

读书是一种更广义的倾听。你借助文字，倾听已逝哲人的教诲。你借助翻译，得知远方异族的灵慧。

倾听使人生丰富多彩，你将不再囿于一己的狭隘贝壳，潜入浩瀚的深海。倾听使人谦虚，知道山外有山天外有天。

倾听使人安宁，你知道了孤独和苦难并非只莅临你的屋檐。倾听使人警醒，你知道此时此刻有多少大脑飞速运转，有多少巧手翻飞不息。

倾听着是美丽的。你因此发现世界是如此五彩缤纷。倾听是幸福的一种表达，因为你从此不再孤单。

倾听是分层次的。某人在特定的时刻，讲了特定的话。只有当我们心静如水，才能听到他的话后之话。年轻人最易犯的毛病是——他明白所有倾听的要素，也懂得做出倾听的姿态，其实呢，他在想着自己呆会儿要说的话。他关注的不是述说者，而是自己。"佯听"是很容易露馅的，只要他一开口讲话，神游天外的破绽就败露了。两个面对面述说的人，其实是最危险的敌人。一切都被心灵记录在案。

倾听是老老实实的活儿，来不得半点虚假和做作。倾听是对真诚直截了当的考验。所以，如果你不想倾听，那不是罪过。如果你伪装倾听，就不单是虚伪，而且是愚蠢了。

当我深刻地明白了倾听的本质而不是仅仅把它当成讨好的策略后，倾听就向我展示了它更加美丽的内涵，它无处不在，息息相关。如果你谦虚，以万物为师长，你会听到松涛海啸雪落冰融，你会听到蚂蚁的微笑和枫叶的叹息。如果你平等待人，你的耐心就有了坚实的基础，你可以从述说者那里获得宝贵的馈赠。这就是温暖的信任和支撑。

年轻的朋友们，让我们学会倾听吧。当你能够沉静地坐下来，目光清澄地注视着对方，抛弃自己的傲慢和虚荣，微微前倾你的身姿，那么你就能听到心与心碰撞的清脆音响，宛若风铃。

名师赏析

本文观点鲜明，逻辑清晰，语言形象。

作者首先用自己对"倾听"的误解引出话题，接着从正反两方面举例说明倾听的重要性以及现在少有人掌握倾听艺术的现状，最后解释倾听的本质，呼吁人们要学会倾听。行文条理清楚，始终围绕"让我们倾听"来写，主题鲜明。

全文语言生动，富有魅力。作者运用排比、对比等修辞手法，以精辟的见解和诙谐的表述，展示了一位散文家精彩绝伦的语言。如第 2 段中，把谈话人的种种表现进行对比，说明懂得倾听的人实在是凤毛麟角，以此来引起人们的重视。不但有理论的清晰度，而且有语言的幽默感；不但有心理学的穿透力，而且有情感的震撼力。

造　心

　　蜜蜂会造蜂巢。蚂蚁会造蚁穴。人会造房屋、机器，造美丽的艺术品和动听的歌。但是，对于我们最重要最宝贵的东西——自己的心，谁是它的建造者？

　　孔雀绚丽的羽毛，是大自然物竞天择造出的。白杨笔直刺向碧宇，是密集的群体和高远的阳光造出的。清香的花草和缤纷的落英，是植物吸引异性繁衍后代的本能造出的。卓尔不群坚忍顽强的性格，是禀赋的优异和生活的历练造出的。

　　我们的心，是长久地不知不觉地以自己的双手，塑造而成的。

　　造心先得有材料。有的心是用钢铁造的，沉黑无比。有的心是用冰雪造的，高洁酷寒。有的心是用丝绸造的，柔滑飘逸。有的心是用玻璃造的，晶莹脆薄。有的心是用竹子造的，锋利多刺。有的心是用木头造的，安稳麻木。有的心是用红土造的，粗糙朴素。有的心是用黄连造的，苦楚不堪。有的心是用垃圾造的，面目可憎。有的心是用谎言造的，百孔千疮。有的心是用尸骸造的，腐恶熏天。有的心是用眼镜蛇唾液造的，剧毒凶残。造心要有手艺。一只灵巧的心，缝制得如同金丝荷包。一罐古朴的心，厚厚的好似百年老酒。

一枚机敏的心，感应快捷电光石火。一颗潦草的心，门可罗雀疏可走马。一摊胡乱堆就的心，乏善可陈杂乱无章。一片编织荆棘的心，暗设机关处处陷阱。一道半是细腻半是马虎的心，好似白蚁蛀咬的断堤。一朵绣花枕头内里虚空的心，是假冒伪劣心界的水货。

造心需要时间。少则一分一秒，多则一世一生。片刻而成的大智大勇之心，未必就不玲珑。久拖不决的谨小慎微之心，未必就很精致。有的人，小小年纪，就竣工一颗完整坚实之心。有的人，须发皆白，还在心的地基挖土打桩。有的人，半途而废不了了之，把半成品的心扔在荒野。有的人，成百里半九十，丢下不曾结尾的工程。有的人，精雕细刻一辈子，临终还在打磨心的剔透。有的人，粗制滥造一辈子，人未远行，心已灶冷炕灰。

心的边疆，可以造得很大很大。像延展性最好的金箔，铺设整个宇宙，把日月包涵。没有一片乌云，可以覆盖心灵辽阔的疆域。没有哪次地震火山，可以彻底颠覆心灵的宏伟建筑。没有任何风暴，可以冻结心灵深处喷涌的温泉。没有某种天灾人祸，可以在秋天，让心的田野颗粒无收。

心的规模，也可能缩得很小很小，只能容纳一个家，一个人，一粒芝麻，一滴病毒。一丝雨，就把它淹没了。一缕风，就把它粉碎了。一句谎言，就让它痛不欲生。一个阴谋，就置它万劫不复。

心可以很硬，超过人世间已知的任何一款金属。心可以很软，如泣如诉如绢如帛。心可以很韧，千百次的折损委屈，依旧平整如初。心可以很脆，一个不小心，顿时香消玉碎。

造心的时候，可以有很多讲究和设计。

比如预埋下一处心灵的生长点，像一株植物，具有自动修复、自我养护的神奇功能。心受了创伤，它会挺身而出，引导心的休养生息，在最短的时间内，使心整旧如新。

　　比如高高竖起心灵的避雷针，以便在危急时刻，将毁灭性的灾难导入地下，耐心等待雨过天晴。

　　比如添加防震防爆的性能，在心灵遭受短时间高强度的残酷打击下，举重若轻，镇定地维持蓬勃稳定。比如……

　　优等的心，不必华丽，但必须坚固。因为人生有太多的压榨和当头一击，会与独行的心灵，在暗夜狭路相逢。如果没有精心的特别设计，简陋的心，很易横遭伤害一蹶不振，也许从此破罐破摔，再无生机。没有自我康复本领的心灵，是不设防的大门。一汪小伤，便漏尽全身膏血。一星火药，便烧毁绵延的城堡。

　　心为血之海，那里汇聚着每个人的品格智慧精力情操，心的质量就是人的质量。有一颗仁慈之心，会爱世界爱人爱生活，爱自身也爱大家。有一颗自强之心，会勤学苦练百折不挠，宠辱不惊大智若愚。有一颗尊严之心，会珍惜自然善待万物。有一颗流量充沛羽翼丰满的心，会乘上幻想的航天飞机，抚摸月亮的肩膀。

　　造心是一项艰难漫长的工程，工期也许耗时一生。通常是母亲的手，在最初心灵的模型上，留下永不消退的指纹。所以普天下为人父母者，要珍视这一份特别庄重的义务与责任。

　　当以我手塑我心的时候，一定要找好样板，郑重设计，万不可草率行事。造心当然免不了失败，也很可能会推倒重来。不必气馁，但也不可过于大意。因为心灵的本质，是一种缓慢而精细的物体，太多的揉搓，会破坏它的灵性与感动。

　　造好的心，如同造好的船。当它下水远航时，蓝天在头上飘荡，海鸥在前面飞翔，那是一个神圣的时刻。会有台风，会有巨涛。但一颗美好的心，即使巨轮沉没，它的颗粒也会在海浪中，无畏而快乐地燃烧。

 **名师赏析**

　　本文重在说理，却采用了一种文学感性的笔法，以娓娓谈心的形式，向我们阐述了"造心"的内涵，引导人们快乐而无畏地生活。主要表现在以下两点：

　　1.善用类比说理：文章开头借鉴诗歌的表现手法，利用人们熟知的蜜蜂造巢、蚂蚁造穴进行类推，引出人类要"造心"的话题。这样写，既便于读者理解和接受，又令人耳目一新。

　　2.巧用比喻说理：文章巧妙捕捉到事物之间的相似点，巧妙地运用鲜明有趣的比喻来论证深奥抽象的道理。如结尾以船喻心，以"下水远航"象征新的人生之路开启，喻指美好的心灵可以使人直面困难，承受挫折，永葆生命的活力。

挖掘心灵第一图

　　一位睿智老人说，在每个人心灵深处，都珍藏着一幅对这个世界最初的印象。它储存在脑海的褶皱中，平时被繁杂的信息遮挡着，好像昏睡的幽灵，不理晨昏。但它是无处不在的，笼罩着我们，统领着每个人对世界的基本视点。好像一纸符咒，规定了我们探询世界的角度。

　　这话挺悬秘的，有点巫术的味道。我不服，挑战地问，可以当场试试吗？

　　老人很谦和地一笑，说，一家之言。你可以信，也可以不信。

　　我说，我恰好知道一个人的心底图像。您若说中了，我就信。

　　老人淡然回答，行啊。

　　我说，这个人啊，脑海里留下的最朦胧也就是最原始的印象是——一片无边的荒漠，尘沙漫天，苍黄渺茫。但他周围的小环境不错，好像是一个温暖的怀抱，有袅袅的香气回绕……

　　说完，我定定看着老人，且听他如何分解。

　　老人缓缓说，他的精神世界对立而单纯，沉重而简明。对世界本质的认识充满疑惧，觉得人力无法胜天。宇宙不可知。人是孤独渺小的生物，基调混沌而迷茫。但他还会快乐而努力地活着，时时感受到温情和带着暖意的希望，寻找一个光亮安静芬芳的所在……说完后，老人问我，他是这样一个人吗？

我抑制住自己的大惊异，说，对与不对，以后我再告诉您。现在，我最想知道的，就是您这种分析的基本方法。能教我一些吗？

老人说，少许心得，不值多说。有点占卜的意味，但并不是街头的摆摊算卦。首先，你让被试者静静地躺下，拼命想早先的事。意识好比柳絮，能飞多远飞多远。回忆的触角竭力向脑仁深处钻，最后变得似睡非睡似醒非醒，一片混沌最好。让人由眼前的明明白白，泡入米汤样的童年。到了再也沉不下去的时候，他的心里就会猛地浮出一幅画。让他把这幅画讲给你听，然后……

老人一一道来，我全身心紧急动员，照单接收。老人说，喏，基本思路就这些。剩下的事，看你的悟性了。

我说，您可要传帮带啊。

其后的一段时间，我像个居心叵测的探子，不断启发诱导各色人等，把他们脑海中留下的生命原初印象，挖掘出来，一一告我，由我再转达老人。老人娓娓道出其中蕴涵的深意，好似隔山买牛。至于那人真实生活中的脾气品行，老人完全不感兴趣，也绝不想知道。在他的眼里，每个人的图谱，就是性格之书打开的目录，他不过是读出来而已。

开头不顺利。第一位男人所谈，简陋得像撕下的小人书碎片。

那幅图像吗？好像是一个黑夜，不知是灯灭了，还是眼睛得了病，总之黑暗包绕……完了，就这些。他干巴巴地舔舔嘴唇说。

他那时黑暗，我此时也黑暗。到处像泼了墨汁，如何分析？只好拼命启发他再想深入些。搜肠刮肚半晌，他补充如下：我摸着黑，仿佛找到一碗粥，就把它喝下去了。我妈妈走过来，眼泪洒在我脸上。很凉……喔，就这些，再也没有了。他坚决地结束了回忆。

真是老虎吃天啊。我沮丧地请教老人，老人说，唔，足够了。他是个悲观主义者，一生都在寻找。他对自己终极寻找的东西，究竟是什么，本人也闹不清楚。在这寻找的途中，他会得到温暖和利益的回报，他会很珍视亲情。但这些并不能缓解他寻找的焦虑，冲淡他与生俱来的悲哀，稀释充满他周围的茫茫黑色。

我频频点头。最终也没有告诉老人，那是一位苦苦求索的哲学家的心底图像。反正老人并不需要他人的验证。

一个矮小的年轻人不好意思地说，我的第一图像，似乎没什么好说的，支离破碎。那是我和我弟弟在抢被窝。你知道，我小的时候，家里很穷，打通腿，就是两人合盖一个被筒。谁都想把自己盖得暖和些，就拼命把被子朝自己身上裹……就这些，整夜抢啊抢的。穷人家的被子，小，遮了这头捂不了那头。我比弟弟个大，总是占上风的时候多些。这就是全部了。

老人分析：这个年轻人竞争性很强，在他的眼里，弱肉强食是生存的基本状态。他信奉实力决定一切。因此他会不遗余力地为自己争夺尽可能多的物质利益和生存空间。但他一般不会害人，不会使用特别凶残的手段。在他的内心里，还残存着普天之下皆兄弟的道义。

实际情况：那年轻人个子不高，说苛刻点几乎要算其貌不扬了，加上家境贫寒，按照常理，该是比较自卑的。但他不，一点都不。整天意气风发精神抖擞的，上大学，考研究生，什么都不落空。每当竞争的时候，他总是毫不退却，奋勇向前。计谋算不上很光明正大，但手段也并不太卑劣，懂得趋利避害，适可而止。也许是天助加上人和，他的运气一直不错。

一位依旧美丽的中年女企业家告诉我，世界在她眼里，是盘根错节的森林，热带雨林，遮天蔽日的。她在摸索着走，有时是爬，到处都是陷阱和叫不出名字的昆虫，很华丽也很狰狞……下着雨，很冷，有大毛虫发育成的极冷艳的蝴蝶在脖子后面盘旋……

我对这幅图像的真实性，抱有深刻怀疑。她祖籍北方，从未踏到北回归线以南。再说一个幼小婴孩，想象得出热带雨林的具体模样吗？还有，毛虫和蝴蝶，这样复杂重叠的象征物，也是孩童鞭长莫及的。她的叙述，更像一场成人梦境，一个幻觉。但女企业家谈话时的郑重神态，使我无法贸然认定她在说谎。

老人听完我的转述与疑问，首先说，这是真实的。心灵的真实，不仅仅是亲眼所见，更多的时候，是一种浓缩升华后的感受。哪怕你说图像尽头，是一幅外星球人联欢的图画，我也确信无疑。人的感受有一种特质——无比忠诚。出于种种的利害关系，它可以欺骗别人，但它为自己保留下的图谱，却不会是赝品。这位女性对世界的看法，是荒诞奇诡而又不乏夺人心魄的诱惑与美丽，她应该擅长打拼，奋斗出了很好的成就。她好强，勇于挑战。但在不断的挣扎寻觅中，又感到巨大的孤独与人世的险恶。她臆造了一片热带雨林……

我无话可说。老人就像与那女人相识了100年，用电脑扫描了她的整个人生，留下一纸谶语。

随着积累人们心底第一幅图像数量的增多，我渐渐发觉探索源头的奥秘，对每个人是一次心灵的剖析和飞跃。知道了自己眺望世界的基本视角，便有了揭示自身很多特点的钥匙。我们也许不能改变它，却可以因此变得更加理智和从容。

老人有一天对我说，你第一次对我描述的那个人，就是在沙漠中睁开眼睛看世界的人，是谁啊？你还没有告诉我。

我说，那个人就是我。我母亲抱着我，行进在从新疆到北京天地一色的途中。

名师赏析

　　本文写作视角新颖独特。作者独辟蹊径，从一位睿智老人的角度出发，通过心底图像来探索人的内心，得出结论：人应该勇于剖析自己的心灵，认清自己，这样我们可以变得更加理智从容。

　　作者在论述的过程中，没有泛泛而谈，而是从实际生活中选取了自己、哲学家、年轻人、中年女企业家等例子进行说理，将抽象的概念具体化，使文章说理浅显明了，亲切而生动。

最单纯的生活必需品

迪斯尼版的《森林王子》，描写一个人类婴孩，偶入大森林，被野狼阿力一家收养，在大熊巴鲁、黑豹巴希拉等动物的呵护与培养下，成为友善、勇敢、智慧、快乐的少年。描绘了一幅人与动物在大自然的怀抱中，和谐相处的图画。

片中各种动物的造型和举止，颇符合物种个性的特征，险而不惊。特别是蟒蛇与巴克利的斗智斗勇，美妙的搏斗场面，既让人想起蛇那油光水滑阴险狡诈的秉性，被它的盘旋晕得眼花缭乱，又让人在紧张中怡情，充满了机警的悬念。大熊巴鲁为了拯救巴克利，与森林王老虎谢利展开了殊死搏斗，以致昏倒在地。黑豹巴希拉误以为它已阵亡，心情激动地致了一段感人肺腑的悼词。大熊巴鲁慢慢苏醒后躺在地上，一动不动地倾听着，在庄严肃穆中，引出人们啼笑皆非的泪水。

巴鲁复苏之后，开始教导人类的孩子巴克利，如何在大自然中生活。那只载歌载舞的憨厚大熊，反复吟唱着一句话——"让我们，得到，最单纯的生活必需品……"

真是令人拍案叫绝的真理——最单纯的生活必需品——由一只熊告诉我们。

人想活着，就必然有一些必不可少的物件陪伴左右。几年前，我见到一个乡下孩子和一个城里孩子在做游戏。一张卡片，正面写着问题，背面写着答案。双方看着问题回答，对与不对，以卡片为准。那题目是——生命存活的三大基本要素是什么？

城里孩子说，这还不简单吗，就是脂肪、蛋白质和碳水化合物呗！

乡下孩子说，啥叫脂肪？不就是猪大油吗？人没有猪油那些荤腥吃，能活。蛋白质是啥？不就是鸡蛋吗？人吃不上鸡蛋也可以活的。碳水化合物是啥东西，俺不知道。俺只知道人要活着，最要紧的是要有水、火柴和粮食！

那张硬硬的精美卡片后面的答案，判定城市孩子的回答正确。但说心里话，我更认为乡下孩子的答案率真和智慧。

纵观人类的历史，我们的生活必需品的名录，就像银行信用卡恶意透支的黑名单，是越来越长了。1000年前，假如我们外出，真如那个乡下孩子所讲，只需带上水和干粮，再加一把火镰，就可走遍天下。现在呢，要有旅游鞋休闲装，盆碗帐篷净水器，驱蚊油防晒霜，卫星电视电话机……

这应该算是进步吧？只是大自然不堪重负了。养育一个现代人的物资，足够当初养活一百个一千个原始人。

大熊的箴言里，还有一个涵义——单纯。单纯是一种很真实很透明的东西，我们已经在进化中将它忽略和玷污。比如水吧，人体的细胞所需要的，是纯净的自然之水，而绝不是啤酒、可口可乐和掺了色素的某种浑浊液体。人们先是把水弄得很复杂，然后再把脏水过滤。当人饮着这种再生的清水时，沾沾自喜，以为是文明和进步，其实比古代人的饮水质量，还差着档次。

再如空气，人的肺所需要的，是凛冽的清新的山谷森林之风，而绝不是被汽车吞吐了千百次的工业废气。人们聚集在城市里，在空气中混淆进数不清的杂质，然后摇摇头说，这样的地方，太不利于健康了。于是就开着汽车，满世界找青山绿水的地方，心安理得地住下来，把新的污染带给那里。

　　人们本来应该简洁明确地表白自己的内心，这样会避免多少误会，节约多少人生，增进多少了解，加快多少速度啊！但是，不。人们变得虚伪客套声东击西云山雾罩，并尊称这些技术技巧为礼仪和外交，让世界变得遮遮盖盖诡谲莫测。于是无数人在这面无法超越的黑斗篷前终生猜谜，并以此形成许多新的职业和窥探的癖好。

　　也许我们可以对自己精神和物质生活中所需物品的庞大分子分母，来一个约分。本着单纯和必需的原则，把太繁多的精简，把太复杂的摒弃。必需的东西越少，我们的脚步就越轻捷。佛家有一句话，叫"无挂碍物者无恐怖"，不妨借用来，少需要物者少烦恼。因为必需少，所以受限轻。人就获得了更快的行走，更高的飞翔。

　　单纯这件事，说起来简单，做起来不容易。因为世界上有许许多多的杂质，无时无刻不在腐蚀着单纯。人们往往以为单纯只存在于童真，如果你在晚年还保有单纯，如果不是太傻，就是天赐的一种好运气，保佑你未曾遭遇污浊侵袭，所以依旧清澈。其实，最有力量的单纯，是历练过复杂之后的九九归一。以不变应万变，自身有过滤化解和中和澄清的功能。任你血雨腥风，我自静若处子。心永远清清的，呼吸永远是轻轻的……

名师赏析

　　本文以迪士尼经典动画《森林王子》开头，以趣味盎然的故事引出文章论点：最单纯的生活必需品。

　　紧接着，作者笔锋一转，从动物的视角转向人类视角。城乡孩子回答同一问题，答案却不同。作者用举例论证和对比论证，阐释"生活必需品"的内容，进一步论证其观点。

　　作者从人类历史的演变写到现代生活的弊端，从自然环境转向人际交往，运用事实论据和道理论据，批判人类在进化中将"单纯"玷污，阐明我们应该怎样回归"单纯"。

　　本文作者运用富有哲理韵味的故事，为读者指点迷津。语言生动形象，简洁明快。历练过复杂之后的单纯，更有直抵人心的力量。作者以一颗智者的慧心，提醒我们应该活出单纯，活得轻盈。

心轻者上天堂

埃及国家博物馆，有一件奇怪的展品。一方用精美白玉雕刻的匣子，大小约和常用的抽屉差不多，匣内被十字形玉栅栏隔成四个小格子，洁净通透。玉匣是在法老的木乃伊旁发现的，当时匣内空无一物。从所放位置看，匣子必是十分重要，可它是盛放什么东西用的？为什么要放在那里？寓意何在？谁都猜不出。这个谜，在很长一段时间内，让考古学家们百思不得其解。后来，在埃及中部卢克索的帝王谷，在卡尔维斯女王的墓室中，发现了一幅壁画，才破解了玉匣的秘密。

壁画上有一位威严的男子，正在操纵一架巨大的天平。天平的一端是砝码，另一端是一颗完整的心。这颗心是从一旁的玉匣子中取出的。埃及古老的文化传说中，有一位至高无上的美丽女性，名叫快乐女神。快乐女神的丈夫，是明察秋毫的法官。每个人死后，心脏都要被快乐女神的丈夫拿去称量。如果一个人是欢快的，心的分量就很轻。女神的丈夫就判那颗羽毛般轻盈的心，引导着灵魂飞往天堂。如果那颗心很重，被诸多罪恶和烦恼填满皱褶，快乐女神的丈夫就判他下地狱，永远不得见天日。

原来，白玉匣子是用来盛放人的心灵的。原来，心轻者可以上天堂。

自从知道了这个传说，我常常想，自己的心是轻还是重，恐怕等不及快乐女神的丈夫用一架天平来称量，那实在太晚了。呼吸已经停止，一生盖棺论定，任何修改都已没有空白处。我喜欢未雨绸缪，在我还能微笑和努力的时候，就把心上的赘累一一摘掉。我不希图来世的天堂，只期待今生今世此时此刻朝着愉悦和幸福的方向前进。天堂不是目的地，只是一个让我们感到快乐自信的地方。

心灵如果披挂着旧日尘埃，好像浸满了深秋夜雨的蓑衣，湿冷沉暗。如何把水珠抖落，在朗空清风中晾干哀伤的往事？如何修复心里的划痕，让它重新熠熠闪亮—如海豚的皮肤在前进中把阻力减到最小？如何在阳光下让心灵变得通透晶莹，仿佛古时贤臣比干的七窍玲珑心，忠诚诚恳聪慧，却不会招致悲剧的命运？

我们不是从一张白纸开始自己的心灵健康之旅，背负着个人的历史和集体的无意识。在文化的熏染中长大，它们对我们的影响复杂而深远，微妙而神秘。

如果你到医院检查身体，医生先要开出一系列的化验单，查验你的血，透视你的肺，必要的时候，还要把你送进冰冷幽暗的仪器中，用电脑拍摄你全身的照片……面对自己的心灵，也需先摸清情况，再对症下药，如何探知自己的心灵究竟是不是健康？这本小册子或许能帮你一个小忙。它收集了一些简单的心理游戏。每一个游戏我都曾饶有趣味地完成过。完成的过程中，不经意间就触动了心海下蛰伏的礁石，得以瞥见心灵深处缤纷的珊瑚和疾游的鲨鱼。中国有句老话，叫作"知己知彼，百战不殆"，你对自己多一分了解，你对未来就多一分把握。

有个广泛流传的说法，说是大脑皮层只开发了不到5%的空间，还有庞大的"哑区"没有被挖掘利用。当洗衣服的水都被节俭的人积攒起来冲刷地板的时候，我们怎能不善待自己的心灵资源？如果你渴求对自己有更多了解；如果你愁眉不展常怀戚戚并有愿改变；如果你希望自己变得更轻捷而有力，向着既定的目标迅跑；如果你顺风顺水还求更多的进步和欢乐，咱们一起来做游戏吧。书中的这些游戏曾经帮助过我，沉浸其中落下的泪水，已化作我的钻石。游戏完成时欢畅的笑声，已成为我生活中最新的习惯。游戏之后绵长的思索，更是多次帮助我在纷杂的世事中廓清方向轻装向前。

本书是为一般读者所写，不是为少数专家而撰，故较多注重了有趣，舍弃了学术上的阐释。感谢我所就读过的北京师范大学心理学院，感谢我的导师香港中文大学林孟平教授，感谢和我一道做过这些游戏的同伴们。是他们给予我知识和勇气，给予我众多的资料和借鉴。感谢北京出版社的卓越创意，感谢我的责任编辑们。是他们把一个良好的愿望变成了美丽的书籍。

朋友，让我们一起来玩游戏吧。我和你分享这其中的甘苦，一如在沙漠的烈日中我们同饮一捧清凉的泉水，漫漫征途中我们合乘一车奔向远方。

名师赏析

本文论点明确，以神话传说贯穿全文，说理生动，耐人寻味。

首先，作者讲述了埃及博物馆里法老的木乃伊旁的白玉匣子的故事。把埃及古老的神话传说中心脏称量的仪式作为论据，揭开了谜底，引出了本文的论点——心轻者上天堂。

其次，运用正反对比论证的方法，鲜明地表达观点，指出把心上的累赘一一摘掉的必要性，进一步论证了本文的论点，同时，也使抽象的道理浅显易懂，易于被读者理解和接受。

最后，作者由古老的传说转向现实生活，指出生命珍贵不可逆，改变自己不必希图来世，而应从今生今世、此时此刻做起，借此告诫我们：不要再给心灵增加负担，要学会快乐自在地生活。

常常爱惜

　　拾起一穗遗落在秋天的麦芒时，我们心中会涌起一种情感……

　　当水龙头正酝酿着滴落一颗椭圆形的水珠，一只手紧紧拧住闸门时，我们心中会涌起一种情感……

　　当凝望宝蓝的天空因为浓雾而浑浑噩噩时，我们心中涌起一种情感……

　　当注视到一个正义的人无力捍卫自己的尊严，孤苦无助的时候，我们心中会涌起一种情感……

　　人类将这种痛而波动的感觉命名为——爱惜。

　　我们读这两个字的时候，通常要放低了声音，徐徐地从肺腑最温柔的孔腔吐出，怕惊碎了这薄而透明的温情。

　　爱惜的大前提是，爱。爱是人类一种最珍惜的体验，它发展于深刻的本能和绵绵的眷恋。爱先于任何其他情感，轻轻沁入婴儿小而玲珑的心灵。爱那给予生命的母亲，爱那清冷的空气和滑润的乳汁。爱温暖的太阳和柔和的抚爱，爱飞舞的光影和若隐若现的乐声……

　　爱惜的土壤是喜欢。当我们喜欢某种东西的时候，就期待他的长久和广大，忧郁他的衰减和短暂。当我们对喜爱之物怀有难以把握的忧虑时，吝啬是一个常会首选的对策。我们会俭省珍贵的资源，我们会珍爱不可重复的时光，我们会制造机会以期重享愉悦，我们会细水长流反复咀嚼快乐。

于是，爱惜就在不知不觉中发生了。

当我们爱惜的时候，保护的勇气和奋斗的果敢也同时滋生。真爱，需用生命护卫。真爱，就会义无反顾。没有保护的爱惜，是一朵无芯鲜花，可以艳丽，却断无果实。没有爱惜的保护，是粗粝和逼人的威迫，是强权而不是心心相印。

爱惜常常发生。在我们不经意的时候打湿眼帘。

爱惜好比一只竹篮。随着人类的进步，它越编越大了，盛着人自身，盛着绿色，盛着地球上所有的物种，盛着天空和海洋。

 **名师赏析**

文章语言优美，充满韵味。开头从遗落在秋天原野上的麦芒、流逝的水珠、宝蓝的天空、孤苦无助的人、心中涌起的情感等生活中一系列常见的景象来表现什么是"爱惜"。寥寥几笔，用词轻灵，情感细腻绵长。

文章语言节奏平缓，娓娓道来。想象新颖的比喻，画面灵动的排比，整饬典雅的语句，如汩汩清泉，缓缓渗透进人的心底，富于美感和韵味。

作者将司空见惯的事物诉诸笔端，诠释其对"爱惜"密码的破解，让读者在优美轻盈的语言中感受什么是珍惜，什么是爱。由此可见，作者是一位地地道道的生活家。

呵护心灵

　　那一年我17岁，在西藏雪域的高原部队当卫生兵，具体工作是做化验员。

　　雪山上的条件很差，没有电，许多医学仪器都不能用。化验血的时候，只有凭着眼睛和手做试验，既辛苦，也不准确。

　　一天，一个小战士拿了一张化验单找我，要求做一项很特别的检查。医生怀疑他得了一种很古怪的病，这个试验可以最后确诊。

　　试验的做法是：先把病人的血抽出来，快速分离出血清。然后在56摄氏度的情形下，加温30分钟。再用这种血清做试验，就可以得出结果来了。

　　我去找开化验单的医生，说，这个试验我做不了。

　　医生问，为什么？

　　我说，你想啊，整整半个小时，要求56摄氏度分毫不差。要是有电暖箱，当然简单了。机器的指针旋钮一应俱全，把温度和时间定死，一按电钮，就开始加温。时间到，红色指示灯就亮了，大功告成。但是没有电，你就抓瞎没办法。我又不能像个老母鸡似的把血标本揣在身上加温。就算我乐意干，人的体温也不到56摄氏度啊。

医生说，化验员，想想办法吧。要是没有这个化验的结果，一切治疗都是盲人摸象。

我是一个好心加耳朵软的女孩。听了医生的话，本着对病人负责的精神，仔细琢磨了半天，想出一个笨法子，就答应了医生的请求。

那个战士的胳膊比红蓝铅笔粗不了多少，抽血的时候面色惨白，好像是把他的骨髓吸出来了。

前面的步骤都很顺利，我开始对血清加热。

我点燃一盏古老的印度油灯，青烟缭绕如丝，好像有童话从雪亮的玻璃罩子里飘出。柔和的茄蓝色火焰吐出稀薄的热度，将高原严寒的空气炙出些微的温暖。我特意做了一个铁架子，支在油灯的上方。架子上安放一只盛水的烧杯，杯里斜插一根水温计，红色的汞柱好像一条冬眠的小蛇，随着水温的渐渐升高而舒展身躯。

当烧杯水温到达56摄氏度的时候，我眼疾手快地把盛着血清的试管放入水中，然后双眼一眨不眨地盯着温度计。当温度升高的时候，就把油灯向铁架子的边缘移动。当水温略有下降的趋势，就把火焰向烧杯的中心移去，像一个烘烤面包的大师傅，精心保持着血清温度的恒定……

说实话，这个活儿真是乏味透顶。凝然不动的玻璃器皿，枯燥单调地搬移油灯，好像和一个3岁小孩下棋，你既不能赢又不能输，只能像木偶一样机械动作……

时间艰难地在油灯的移动中前进，大约到了第28分钟的时间，一个好朋友推门进了化验室。她看我目光炯炯的样子，大叫了一声说：你不是在闹鬼吧，大白天点了一盏油灯！

我瞪了她一眼说，我是在全心全意地为病人服务，正像孵小鸡一样地给血清加温呢!

她说,什么血清?血清在哪里?

我说,血清就在烧杯里啊。

我用目光引导着她去看我的发明创造。当我注视到水银计的时候,看到红线已经膨胀到 70 摄氏度的范畴,劈手捞出血清试管。就在我说这一句话的工夫,原本像澄清茶水一般流动的血清,已经在热力的作用下,凝固得像一块古旧的琥珀。

完了!血清已像鸡蛋一样被我煮熟,标本作废,再也无法完成试验。

我恨不得将油灯打得粉碎。但是油灯粉身碎骨也于事无补,我不该在关键的时刻信马由缰。现在面临的问题是我该怎么办?空白化验单像一张问询的苦脸,我不知填上怎样的答案。

最好的办法是找病人再抽上一管鲜血,一切让我们重新开始。但是病人惜血如命,我如何向他解释理由?就说我的工作失误了吗?那是多么没有面子的事情!人人都知道我是一个尽职尽责的好化验员,这不是给自己抹黑吗?

想啊想,我终于设计出了如何对病人说。

我把那个小个子兵叫来,由于对疾病的恐惧,他如惊弓之鸟战战兢兢。

我不看他的脸,压抑着自己的心跳,用一个 17 岁女孩可以装出的最大严肃对他说:"我已经检查了你的血,可能……"

他的脸刷地变成霜地,颤抖着嗓音问,我的血是不是有问题?我是不是得了重病?

等待检查结果的病人都如履薄冰。我虽然年轻，也很懂得利用这种心理。

这个……你知道像这样的检查，应该是很慎重的，单凭一次结果很难下最后的结论……

说完这句话，我故意长时间地沉吟着，一副模棱两可的样子，让他在恐惧的炭火中慢慢煎熬。直到相信自己已罹患重疾。

他瘦弱的头颅点得像啄木鸟，说，我给您添了麻烦，可是得了这样的病，没办法……

我说，我不怕麻烦，只是本着对你负责，对你的病负责，还要为你复查一遍，结果才更可靠。

他苍白的脸立刻充满血液，眼里闪出星星点点的水斑。他说，化验员，真是太谢谢啦，想不到你这样年轻，心地这样好，想得这么周到。

小个子兵说着，几乎是迫不及待地撸起袖子，露出细细的臂膀，让我再次抽他的血。

我心里窃笑着，脸上还做出不情愿的样子，很矜持地用针头扎进他的血管。这一回，为了保险，我特意抽了满满的两大管鲜血，以防万一。

古老的油灯又一次青烟缭绕，我自始至终都不敢大意，终于取得了结果。

他的血清呈阴性反应。也就是说——他没有病。

再次见到小个子兵的时候，他对我千恩万谢。他说，化验员啊，你可真是认真啊。那一次通知我复查，我想一定是我有病，吓死我了。这几天，我思前想后，把一辈子的事想过了一遍。幸亏又查了两次，证明我没病。你为病人真是不

当人们忐忑在生死的边缘时，心灵是多么的脆弱。

怕辛苦啊！

我抿着嘴不吭声。

后来领导和同志们知道了这件事，都夸我工作认真并谦虚谨慎。

在以后很长的时间里，我都为自己当时的灵动机智而得意。

我的年纪渐长，青春离我远去。机体像奔跑过久的拖拉机，开始穿越病魔布下的沼泽。有一天，当我也面临重病的笼罩。我对最后的化验结果望穿秋水的时候，我才懂得了自己当年的残忍。我对医生的一颦一笑察言观色，我千百次地咀嚼护士无意的话语。我明白了当人们忐忑在生死的边缘时，心灵是多么的脆弱。

为了掩盖自己一个小小的过失，不惜粗暴地弹拨病人弓弦般紧张的神经，我感到深深的懊悔。

假如今天我出了这样的疏忽，我会充满歉意地对小个子兵说，对不起，因为我的粗心，那个试验做坏了。现在我来重新做。

我想他也许会发脾气的，斥责我的不负责任。按照四川人的火暴脾气，大骂几句也有可能。我会安静地倾听他的愤怒，直到他心平气和的那一瞬。我相信他还会撸起袖子，让我从他比红蓝铅笔粗不了多少的胳膊上抽血……也许他会对别人说我是一个蹩脚的化验员，我会微笑着不做任何解释。

我们可以吓唬别人，但不可吓唬病人。当我们患病的时候，精神是一片深秋的旷野。无论多么轻微的寒风，都会引起萧萧黄叶的凋零。

让我们像呵护水晶一样呵护病人的心灵。

名师赏析

本文以叙事为主，虽为散文，但故事性很强，读起来如读小说，扣人心弦，引人深思。

作者动情地讲述了自己17岁时的一段真实难忘的经历。她在西藏雪域的高原部队做一名化验员时，因急于掩盖自己工作的失误，而以模棱两可的语言吓唬病人。直到自己年岁渐长身患疾病，对医生护士察言观色，内心忐忑不安时，这才深深懂得了自己当年对小战士的残忍。

紧凑的故事叙述，很自然地将读者卷入作者的叙述情境中。这种写作方法，在一定程度上冲淡了散文的抒情色彩，不易令人产生说教的感觉，容易使人共情，受教于无形。

本篇散文之所以能令人心灵与之契合，引起读者的强烈共鸣，除了作者娴熟的语言驾驭能力，其独抒性灵的真实情感也为之增光添彩。文章没有华丽的辞藻，没有晦涩的词语，没有大喜大悲，却从字里行间呼唤生活的真、善、美。知识分子可贵的良知和自省精神，让人深思，更让人感动。

人生有三件事不可俭省

　　无论世界变得如何奢华，我还是喜欢俭省。这已经变得和金钱没有很密切的关系，只是一个习惯。我这样说，实在是因为俭省的机会其实很廉价，俯拾即是遍地滋生。比如不论牙膏管子多么丰满，但你只能在牙刷毛上挤出大约1.5到2厘米的膏条，而不是1尺长。因为你用不了那么多，你不能把自己的嘴巴变成螃蟹聚会的洞穴。再比如无论你坐拥多少橱柜的衣服，当暑气蒸人的时候，你只能穿一件纯棉的T恤衫。如果把貂皮大衣焐在身上，轻则长满红肿热痛的痱毒，重了就会中暑倒地一命呜呼。俭省比奢华要容易得多，是偷懒人的好伴侣——用最直截了当的方式和最小的花费直抵目标。

　　然而有三件事你不能俭省。

　　第一件事是学习。学习是需要费用的，就算圣人孔子，答疑解惑也要收干肉为礼。学习费用支出的时候，和买卖其他货物略有不同。你不知道究竟能得到多少知识，这不单决定于老师的水平，也决定于你自己的状态。这在某种情况下就有点隔山买牛的味道，甚至比股票的风险还大。谁也不能保证你在付出了学费之后一定能考上大学，你只能先期投入。机遇是牵着婚纱的小童，如果你不学习，新娘就永远不会出现在你人生的殿堂。

第二件事是旅游。每个人出生的时候都是蝌蚪，长大了都变作井底之蛙。这不是你的过错，只是你的限制，但你要想法弥补。要了解世界，必须到远方去。旅游是需要花钱的，谁都知道。旅游的好处却不是一眼就能看到的，常常需要日积月累潜移默化的蓄积。有人以为旅游只是照一些相片买一些小小的工艺品，其实不然。旅行让我们的身体感悟到不同的风和水，我们的头脑也在不同风情的滋养下变得机敏和多彩。目光因此老辣，谈吐因此谦逊。

第三件事情是锻炼身体。古代的人没有专门锻炼身体的习惯，饥一顿饱一顿全无赘肉。生存的需要逼得他们不停奔跑狩猎，闲暇的时候就装神弄鬼，在岩壁上凿画，在篝火边跳舞，都不是轻体力劳动，积攒不下多余的卡路里。社会进步了，物质丰富了，用不完的热量成了我们挥之不去的负担。于是要人为的在机器上跋涉，在充满氯气的池子里浮沉，在人造的雪花和冰面上打滚，在矫揉造作的水泥峭壁上攀爬……这真是愚蠢的奢侈啊，可我们没有办法，只有不间断地投入金钱，操练贫瘠的肌肉和骨骼，以保持最起码的力量和最基本的敏捷。

有没有省钱的方法呢？其实也是有的。把人生当作课堂，向一切人学习，就省了上学的钱。徒步到远方去，就省了旅游的钱。不用任何健身器械，就在家里踢毽子高抬腿做广播体操……就省了健身的钱。

然而，这也是破费，因为我们付出了时间。

名师赏析

　　文章开宗明义，指出作者的价值取向：喜欢俭省。接下来，列举生活中一系列常见的小事强调俭省的必要性。语言幽默，富于生活情趣。而后笔锋一转，提到生活中有三件事不能俭省，分别是学习、旅游和锻炼。

　　关于学习，作者引用孔子的例子，说明学习需要费用，并指出学习是抓住机遇和改变自己的前提。说到旅游的好处，作者娓娓道来，指出旅行丰富了我们的眼界，滋养了我们的头脑，提升了我们的目光和谈吐。论述锻炼身体的重要性，文字纵横捭阖，从古到今，言简义丰，带着几分调侃的趣味，读来让人会心一笑。结尾戛然而止，引人遐思。

　　通篇像拉家常一样的语言，明白如话；比喻新颖灵动，饶有兴味。此文短小精悍，思路清晰，条理分明，看似简单，细细思之，大有深意。确是一篇精美的小短文。

关于思想和心灵的感悟

　　文学自然可以哭泣，但那眼泪须不只属于你自己，必得有能引起众人共鸣的激情。文学自然应该特殊，但什么是真正的特殊，可要有清醒的意识。那就是为你所独有的一份对人世间的把握，借助了祖宗遗留给我们的古老工具——语言，优美清晰地表达出来，以传递心灵的感应。

　　我的一些非常重要的经验，来自一些说话很沉闷的人那里。就像一大堆矿石才能提炼出几克稀有金属，需要足够的耐心和时间。

　　谈话的第一要素是尊重，倾听时除了聚精会神以外，还要不时报以会心的微笑。对方兴致勃勃地说下去，闪光的语言就有可能随之出现。

　　当我非常欣赏一位作家的作品时，就竭力不去结识他。

　　因为崇敬，我不想近距离地观察他。

　　每个人都是多棱的，即使是一个高尚的人，灵魂中也潜伏着卑微。但那些最好的文章，是优秀的作家在霞光普照的清晨，用生命最甘美的汁液写下的，他们自己也清醒地知道不可能重复。这里面一定有我们未知的属于神的部分。

　　当我们结识世俗的本人时，会或多或少干扰破坏了我们对美的遐想。

人应该锻炼出敏锐地感应他人情绪的本领，犹如我们一出房门，就觉察出气温的变化。

说起来烦难，只要认真去做，并不复杂。

从一个人的衣着、面色、下意识的小动作、偶尔吐出的个别话语，他的精神状态基本上昭然若揭。

并不是号召所有的人都察言观色，以求一逞。

人是团体的动物，他人的心情会迅速波及自己的心情。为了保护情绪不感冒，我们必须了解周围最密切接触的人——心情的温度。

现代的科学技术越来越发达，但它们相对于人来讲，永远是身外之物。人类已经把自己的衣食住行打点得越来越精致，把外在的条件整治得越来越舒适了。但是心灵呢？这灵长中的灵长，却在越来越辉煌的物质文明中萎缩，淹没在闪烁的霓虹灯下，迷失在情感的沙漠里。

随着年龄渐长，我与那些心中最美好的希望，有了一种默契。那就是——有些愿望不必实现，就让它们永远存留在我们的想象中吧。

现代社会是一只飞速旋转的风火轮，把无数信息强行灌输给我们。见多不怪，我们的心灵渐渐在震颤中麻痹，更不消说有意识地掩饰我们的惊讶，会更猛烈地加速心灵粗糙。在纷繁的灯红酒绿和人为的打磨中，我们必将极快地丧失掉惊奇的本能。

在我们的思想里有许多思想的建筑物和思想的废墟。我们常常忙于建设，而对清理废墟注意得不够，以为新的建立起来，旧有的就会自动消失。

其实批判自己是一件很艰难的事情。如果畏惧它，我们的头脑就会新旧杂糅，某些时候就会出现混乱。

否认了"惊"，就扼杀了它的同胞兄弟。我们将在无意之中，失去众多丰富自己的机遇。假如牛顿不惊奇，他也许就把那个包裹着真理的金苹果，吃到自己的肚子里面了。人类与伟大的万有引力相逢，也许还要迟滞很多年。

假如瓦特不惊奇，水壶盖噗噗响着，一个划时代的发现，就蒸发到厨房的空气中了。我们的蒸汽火车头，也许还要在牛车漫长的辙道里蹒跚亿万公里。

保持惊奇，我常常这样对自己说。它是一眼永不干涸的温泉，会有汩汩的对于世界的热爱，蒸腾而起，滋润着我们的心灵。

宁吃鲜桃一口，不吃烂杏一筐——我以为这必是有钱有食人说的话。假若是穷人，恐怕还得要那一筐烂杏。挑挑拣拣，可吃的部分总还是比一口鲜桃要多。

纵是杏完全不能吃了，砸了核儿吃仁，也还可充饥。当然，那杏核若是苦的，也就没办法了。

不过还可卖苦杏仁，也是一味药材。

现代社会令人眼花缭乱，每个人在某种意义上说，都是孤陋寡闻的。你在你的行业里是专家里手，在其他领域里，完全可能是白痴。这不是羞愧的事情，坦率地流露惊奇，表示自己对这一方面的无知以及求知的探索，是一种可嘉的勇气。

更不消说我国自古就有道高一尺、魔高一丈的传统。恕我悲观，辨假永远也赶不上造假。消费者书生意气纸上谈兵，造假者磨刀霍霍鼎力革新。以单一的柔软的消费者对抗虎视眈眈的造假者，我等甘拜下风。

小孩子是常常说真话的。人在成长中锻炼出抑制说真话的本领，随着年岁的增加，说真话的频率便越来越少。到了老年，又渐渐地说起真话来。

所以真话是一种离新生和死亡都比较近的品质。

不要以为所有的谎言都是恶意，善良更容易把我们载到谎言的彼岸。

有些事物和人物的价值，就是在我们看不到的地方影响着我们。

快乐的核心是什么？是责任。完成的责任越重大越艰苦，它带给人的快乐越深刻越长久。

人的记忆大体分为两种类型。

一是善于遗忘痛苦，一是善于铭记痛苦。

前者多豁达，后者多建树。

幸福就是没有痛苦的时刻。它出现的频率并不像我们想象的那样少。人们常常只是在幸福的金马车已经驶过去很远，捡起地上的金鬃毛说，原来我见过她。

助手有两种。一种是甘心情愿做助手，永远的助手。一种是在学习和准备着，随时打算不做助手。

前一种人忠诚有余机变不足，后一种人有野心，经常逾越助手的位置。而将两者结合在一起的助手，还没有出生。

一个好的主意，往往是在混乱中产生的。犹如最好的蘑菇，寄生于朽木。

丰收的季节，先不要去想可能的灾年，我们还有漫长的冬季来得及考虑这件事。我们要和朋友们跳舞唱歌，渲染喜悦。既然种子已经回报了汗水，我们就有权沉浸幸福。不要管以后的风霜雨雪，让我们先把麦子磨成面粉，烘一个香喷喷的面包。

如果我们不同意某个问题，我们有两种可以选择的方式。一是反对，一是等待。反对是寄予自身的力量，等待是遵循事物发展的规律。

见多未必识广。有的人见得多了，只是助长了骄气、狂气、奢气、匪气……反倒比孤陋寡闻的人离知识更远。

见闻只有进入智慧的大脑，才可化为养料。

世界上有一些仇恨和一些恩情是无法还报的。遇到这种时候，我们只有远远地走开。

我愿同智商很高的人对话，愿同智商稍高于我的人共事。

与挣钱相比，花钱更能显示出一个人的眼光与趣味。挣钱是光凭气力就可做到的事，花钱还需智慧。

如果你一时分辨不出一个人的品行，就去看他怎样花钱。一掷千金的是纨绔和诗人，量入为出的是节俭和主妇。张弛有序的是大家和智者，首尾不顾的是愚妇和莽汉……假如他根本就不花钱，除了极端的悭吝就是一个缺乏生活情趣的人。

人到无求，心必坦荡，言必真诚，志必磊落，行必光明。

文学自然可以哭泣，但那眼泪须不只属于你自己，必得有能引起众人共鸣的激情。文学自然应该特殊，但什么是真正的特殊，可要有清醒的意识。那就是为你所独有的一份对人世间的把握，借助了祖宗遗留给我们的古老工具——语言，优美清晰地表达出来，以传递心灵的感应。

名师赏析

    毕淑敏的散文澄澈、灵动、富有活力。她以一个女性作家特有的敏感，细心捕捉凡世间的吉光片羽，从不经意的小事中，洞穿人的心理，描绘出人人心中有而笔下无的画面，使人忍不住遐想。

    本文均为点点滴滴的思想与心灵的感悟，每个话题，少则寥寥数语，多则连续数段。面对文学、交友、记忆、幸福、助手、金钱等生活中常见的话题，阐明自己的立场和观点。

    作者从生活现象入手，写出自己独特的感悟。有的语言短小精悍，典雅蕴藉，富含哲理，读之如食橄榄，回味无穷；有的富于辩证思维，如"见多未必识广"。

    文中许多金句闪闪发光，值得细细咀嚼。

    那些美丽的思想，如遗落在沙滩上的贝壳。作者仿若一个聪慧的有心人，捡起那些贝壳，细细擦拭，认真把玩，并向我们讲述她从中窥见的大海的奥秘。